発情トラップ

藤崎　都

18947

角川ルビー文庫

CONTENTS

口絵・本文イラスト／蓮川　愛

1

白い砂浜《すなはま》に晴れ渡《わた》る青い空。そして、それ以上に深い青さが水平線まで広がっている。

いま訪《おとず》れているのは、リゾート地で有名なとある南の島だ。通年、大勢の観光客が訪れる場所だが、プライベートビーチであるこの場所に自分以外の人影《ひとかげ》はなく静かだった。

暖かな気候と柔《やわ》らかな風は心地《ここち》よく、聞こえてくる波の音も心を穏《おだ》やかにしてくれる。

時間の流れがやけに遅《おそ》く感じられるのは、周りの環境《かんきょう》のせいだろう。まさに俗世《ぞくせ》とは切り離《はな》された楽園だ。

「……いい天気だな」

こんなふうにのんびり空を見上げるなんて、いつぶりのことだろう。ヒューバート・クロフォードは誰《だれ》もいないビーチで独りごちた。

自ら起《た》ち上げた〝HUES《ヒューズ》〟という会社のCEOとして仕事に追われ、多忙《たぼう》な日々を送っているヒューバートだが、数年ぶりにまとまった休みを取ることになった。

たまには体を休ませろと恋人《こいびと》に口うるさく云《い》われ、仕方なく承諾《しょうだく》したというわけだ。

初めは一週間ほどで切り上げるつもりだったが、周囲の強い勧《すす》めにより一ヶ月もの長期に亘《わた》ることになった。

それでも短いと口々に云われたけれど、自他共に認めるワーカホリックのヒューバートにとってはこれが限界だ。

もちろん、皆《みな》が自分のことを気遣《きづか》ってくれているのはわかっている。彼らの厚意を無駄《むだ》にはしない。充分《じゅうぶん》なリフレッシュをしてから仕事に戻《もど》るつもりだ。

滞在《たいざい》するのは、父親の所有する別荘《べっそう》だ。子供の頃《ころ》は家族でよく訪れたものだが、成人してからは足を運ぶこともなかった。

建物は小まめに手入れがされていたらしく、想像していたような潮風による傷《いた》みもほとんどなく、記憶《きおく》にある姿のままだった。

今回はのんびりと過ごしたくて、常駐《じょうちゅう》してくれている管理人にも休暇《きゅうか》を取ってもらった。正真正銘《しょうしんしょうめい》の二人きりだ。

強い日差しを遮《さえぎ》るためにかけていたサングラスを外しながら何気なく足下《あしもと》に目を遣《や》ると、白い小さな貝殻《かいがら》が落ちていることに気がついた。

気まぐれに拾い上げ、手の平に載《の》せる。その昔、ユーインと弟のロイと三人で競《きそ》い合うようにして拾い集めたものだ。

「懐《なつ》かしいな」

もしかしたら、あのときに集めた貝殻を入れた瓶《びん》が、別荘の子供部屋の棚《たな》に残っているかもしれない。

（それにしても、旅行なんて何年ぶりだ？）

よく考えてみれば、二人での旅行も久々のことだ。

商談などで海外などに同行してもらうことは多々あるけれど、こんなふうに完全にプライベートな旅は五年以上していなかった気がする。

改めて考えると、何て甲斐性《かいしょう》のない恋人だろう。忍耐《にんたい》強く傍《そば》にいてくれている彼に甘えて仕事にばかりかまけていたけれど、これを機に反省すべきかもしれない。

「ヒューバート。お茶が入りましたよ」

「ありがとう。いま行く」

ヒューバートは、自分を呼びにきた恋人――ユーイン・ウォンに微笑《ほほえ》み返す。

飽《あ》きるほどの時間を共に過ごしてきたというのに、思わず潮風に黒髪《くろかみ》が揺《ゆ》れる様に見蕩《みと》れてしまった。

お互《たが》い、三十も半ばに差しかかる年齢《ねんれい》になったけれど、ユーインの美しさは変わりがない。むしろ、歳《とし》を重ねるごとに磨《みが》きがかかっているようにも思える。

涼《すず》やかな顔立ちの端整《たんせい》さだけでなく、所作や立ち居振《ふ》る舞《ま》いの美しさも目を引くのだろう。いまも上品な猫《ねこ》のように背中を向け、先に別荘へと戻っていった。

ヒューバートは手の中の貝殻をポケットに滑《すべ》らせ、ユーインの背中を追いかけた。眼鏡《めがね》をかけていなくとも、目を細めれば優美なラインを視線でなぞることはできる。

襟《えり》から伸《の》びるすらりとした細い首を舐《な》めるように視線を滑らせる。自らの視線に邪《よこしま》なものが混ざったことに反省しつつも、そのまま背中から腰《こし》へとなぞり下ろした。

(……目に毒だな)

真っ昼間からいけない気分になりかけた自分に苦笑する。

普段《ふだん》はかっちりとした格好しかしないユーインだが、今日は細身のパンツに白い半袖《はんそで》のコットンシャツというラフな出《い》で立ちだ。こういうラフな服装もよく似合う。

自らの容姿に無頓着《むとんちゃく》なユーインを着飾《きかざ》ることは、ヒューバートの楽しみの一つだ。パーティの誘《さそ》いに積極的に応じているのは、社交のためというより彼の盛装《せいそう》を見たいからという理由が大きい。

本人が知ったら不純な動機に呆《あき》れるだろうが、誰だって恋人の着飾った姿を見たいに決まっている。

今日のユーインは顔色もよく、気分もいいようで安心した。

休暇を受け入れた理由はもう一つある。このところ、ユーインが疲《つか》れた顔をしているのが気になっていたからだ。

多忙なのはお互い様だが、彼は自己管理ができないような人間ではないし、仕事のことで問題を抱《かか》えているならすぐに相談してくるはずだ。元々、悩《なや》みを自分から口にするような性格ではない。それとなく話を聞き出すには、ちょうどいい機会だと思ったのだ。

「ただいま。美味《うま》そうだな」

別荘に戻ると、ウッドデッキにお茶の仕度《したく》が調《ととの》えられていた。ローテーブルを挟《はさ》んで並べてあるカウチは、さっき二人で納戸《なんど》から運び出してきたものだ。埃《ほこり》はすっかり取り払《はら》われ、新しいカバーがかけられている。

今日は紅茶に合わせたメニューのようで、クリームやジャムが添《そ》えられたスコーンに一口サイズのサンドイッチやミートパイ、そして、カットされたフルーツが色取り取りに並んでいる。

日々の食事はほとんどユーインの世話になっており、がっちりと胃袋《いぶくろ》を摑《つか》まれている状態だ。毎日のように彼の手を煩《わずら》わせているのが申し訳なく、料理人を雇《やと》おうかという話をしたこともあるけれど、頑《かたく》なに固辞された。

曰《いわ》く、『あなたの口に入るものは、私の管理下に置いておきたいんです』とのことだ。

「おかえりなさい。お腹が空《す》いたんじゃないかと思って、軽食を用意しておきました。摘《つま》み食いの前に手を洗ってきて下さい」

「わかってるよ」

ユーインの言葉に、伸ばしかけた手を引っ込める。こちらを見ていなかったはずなのに、ユーインには何もかもお見通しのようだ。

母親に叱《しか》られた子供のような気持ちで手を洗いに行き、洗面台に置いておいた眼鏡をかけ直して、改めてウッドデッキへと出る。

「ちゃんと手を洗ってきたぞ」

「でしたら、そちらにどうぞ」

云われるがままに海が臨《のぞ》めるよう配置されたカウチに腰かけると、ユーインはアイスティーを運んできてくれた。グラスの縁《ふち》にはカットされたオレンジが飾られている。

普段から食事の仕度に手を抜《ぬ》くようなことはしないけれど、今日は特別に気合いが入っている気がする。もしかしたら、ユーインも二人で過ごす休暇に浮《う》かれているのかもしれない。

「食べていいか？」

「もちろんです。たくさん召《め》し上がって下さい」

了承《りょうしょう》を得てから、焼き立てのミートパイを指で摘んで口に放り込む。咀嚼《そしゃく》すると、挽肉《ひきにく》とタマネギの甘さが舌の上に広がった。

「美味い」

「よかった」

嬉《うれ》しそうに相好を崩《くず》すユーインに、ヒューバートも目を細める。仕事のときのクールな顔も悪くないけれど、プライベートで見せる柔らかな表情のほうが好きだ。

サンドイッチをいくつか摘んだあと、アイスティーに手を伸ばした。指先から伝わるグラスの冷たさが気持ちいい。オレンジの爽《さわ》やかな香《かお》りが鼻腔《びこう》を擽《くすぐ》る。

「いい加減、お前も座ったらどうだ？　休暇に来てるんだから、俺の世話ばかり焼いてないでゆっくりしろ」

いつまでも立ったままヒューバートの様子を見守っているユーインに声をかけた。今日は秘書の役割も必要ないのだから、もっと肩《かた》の力を抜くべきだ。

「そうですね、すみません」

ユーインはテーブルを挟んで隣《となり》にあるカウチに腰を下ろす。ヒューバートには休めと云《い》うくせに、自分自身は到着《とうちゃく》したときから働きっぱなしだ。滞在《たいざい》のための仕度、食事の下ごしらえと朝から休む間もない。

もちろんヒューバートも働く気でいたのだが、余計に手がかかるからと云ってさっきまで散歩に出されていたというわけだ。

世界中を探しても、こんなふうに自分を扱《あつか》うのはただ一人しかいない。それは恋人《こいびと》というだけでなく、人生のほとんどを共に過ごしてきた幼なじみだからだろう。

幼少の頃、出逢《であ》った瞬間《しゅんかん》に恋に落ちたけれど、想《おも》いを伝えることができたのは二十歳《はたち》のときだ。躊躇《ためら》いや誤解もあり、それまではなかなか一線を越《こ》えることはできなかった。

もっと早く行動に出ていればという後悔《こうかい》がないわけではない。それでも、彼と二人で生きていくと誓《ちか》ってからは、最善の選択肢《せんたくし》を選んできたつもりだ。

もちろん、小さなケンカは何度もしたけれど、そのたびに仲直りを繰《く》り返し、いまの関係がある。現在は恋人というだけでなく、共同経営者として公私共に支えてもらっている。

勉強のつもりもあって、学生の頃《ころ》は父の仕事を手伝っていたけれど、大学卒業後に退社し、自分の会社をユーインと二人で起《た》ち上げた。

〝ＨＵＥＳ〟という会社名は、自らの幼い頃の呼び名に由来する。様々な愛称《あいしょう》で呼ばれていたけれど、ユーインからは一時期『ヒュー』と呼ばれていた。

社名に二人の名をつけようとして反対された結果、彼だけが呼んでいた愛称をもじることにしたのだ。

（あれから、もう十二年になるか？）

クロフォード・グローバルは父、ウィルが一人で作り、いまの規模にまで一代で築き上げた。いつか、父を越える経営者になることが目標の一つだ。

この休みの間、会社のほうは取締役《とりしまりやく》の一人であるジェレミーに任せてきた。その昔、いざこざはあったけれどいまは心から信頼《しんらい》できる片腕《かたうで》の一人だ。

大学の同級生だった彼は、父親の工場が潰《つぶ》れた原因がクロフォード家にあると逆恨《さかうら》みし、その復讐《ふくしゅう》のために自分たちに近づいてきた。そして、ヒューバートにダメージを与《あた》えるためにユーインを狙《ねら》い、誘拐《ゆうかい》という手段に出た。

ユーインの姿が消えたときは心臓が止まりそうなほど心配したけれど、その時点で犯人の目星《めぼし》がついていたため、居所を見つけるのはそう難しいことではなかった。

ヒューバートが一人で乗り込むと云うと、周りは血相を変えて止めたけれど、ジェレミーの目を覚まさせるには自分だけで行かなければならないと思ったのだ。

（それにしても、ユーインがあんな行動に出るなんてな）

あのときの驚《おどろ》きは、言葉では云い表せない。囚《とら》われていたユーインが予想外の動きをし、自ら縄《なわ》を解《ほど》いてジェレミーに飛びかかったのだ。

そして、ヒューバートが割って入る間もなく、彼を気絶させてしまったのだ。一拍遅《いっぱくおく》れて助け起こしに駆《か》け寄ったけれど、自分が出る幕はほぼなかった。

幸い、ユーインは擦《す》り傷だけですんだ。脅《おど》しに使っていた銃《じゅう》がモデルガンだったことや、被《ひ》害者《がいしゃ》であるユーインの口添《くちぞ》えにより、ジェレミーは重い罪には問われずにすんだ。

逮捕《たいほ》されたジェレミーは罪を償《つぐな》ったあと、大学に入り直した。そして、そこで一から経営を学び、いまはヒューバートのもとで働いている。

彼を雇うことに反対する者もいたし、自分自身そうすることがいいことなのかわからなかった。けれど、一緒《いっしょ》に働くことにしたのは、他《ほか》ならぬユーインの後押しがあったからだ。

もちろん、見当違《ちが》いの復讐に目が眩《くら》み、ユーインに危害を加えようとしたことを許したわけではない。しかし、心からの反省は受け入れるべきだと思ったのだ。

友人である彼に立ち直って欲しいと願う気持ちは、ヒューバートもユーインも同じだった。

初めの内は周囲の目も厳しいものばかりだったけれど、彼はじっと耐《た》え、かつ能力を最大限に発揮し、その働きぶりで自分を認めさせたのだった。

蘇《よみがえ》ってきた記憶《きおく》に懐《なつ》かしさを覚える。楽しいことだけでなく、辛《つら》く悲しいこともあったけれど、その積み重ねにいまがあるのだ。

「――何を考えてるんですか？」

「これまで色々なことがあったなと思ってな」

「そうですね。あなたと一緒だと退屈《たいくつ》する暇《ひま》がありません」

「俺だけのせいか？　突拍子《とっぴょうし》もない行動に出るのは、むしろお前だろう」

「あなたよりはマシです」

「覚えてないのか？　子供の頃、ここに来たときだって――」

ユーインと言葉を交わしていると、次々に懐かしい記憶が蘇ってくる。何をするにもユーインと一緒だった。

「そうだ、お前に土産《みやげ》があったんだ」

ポケットから、さっき拾った白い貝殻《かいがら》を取り出す。ユーインに手の平を広げさせ、そっと握《にぎ》らせた。

「貝殻……？」

「懐かしくて、つい」

「昔、三人でたくさん拾いましたね」

ユーインも懐かしそうに目を細めている。きっと、ヒューバートと同じ記憶を思い返しているのだろう。

「夏は大抵《たいてい》ここに来てたからな。毎日毎日バーベキューでよく飽《あ》きなかったよな」

「私は楽しかったですよ」

自分と弟のロイ、そして、預けられていたユーインの三人は、父ウィルに連れられ、毎年この別荘《べっそう》を訪れていた。

その頃にはすでに母は父と別れ、家を出ていた。

母親であっても、彼女とは物心つく前からほとんど関《かか》わりがなかった。そのため、彼女がいなくなったところでどうということはなかったが、自分よりも幼かった弟のロイはずいぶん淋《さみ》しい想いをしたようだ。

父があちこち連れ回してくれたのは、その淋しさを埋《う》めるためだったのだろう。

それに対して、母は元々結婚《けっこん》に向かないタイプだったようだ。

未《いま》だに独身を貫《つらぬ》いており、現在は離婚《りこん》時の財産分与《ぶんよ》で得た資金で起ち上げたエステサロンを、国内有数の大きな会社に育て上げた。

「ウィルには感謝しています。私のことも子供のように可愛《かわい》がって下さって」

その頃、ユーインはクロフォード家に預けられることが多くなっていた。長期休暇《きゅうか》になると当たり前のように共に過ごしていた。

当時、彼の両親も仕事や社交に追われ、一人息子《むすこ》に向き合う時間をほとんど持てずにいた。

そんな状態を心配したユーインの曾祖父《そうそふ》が、彼に友達を作らせてやろうと自分と引き合わせてくれたらしい。

数えるほどしか顔を合わせたことがないけれど、穏《おだ》やかで慈愛《じあい》に満ち溢《あふ》れた人だった。

「俺はお前の曾祖父《じい》さんに感謝してる。あのとき、父さんをバースデーパーティに呼んでくれたから、お前に出逢えたんだ」

この言葉は嘘偽《うそいつわ》りない本心だ。彼に出逢えていなかったら、自分の人生など無味乾燥《むみかんそう》なものになっていただろう。

そういう意味では、ウォングループと取り引きをしようと決めた父にも感謝している。

「……私も、あなたに出逢えてよかったです」

そう云って微笑《ほほえ》む様子に胸を締《し》めつけられる。

ユーインには辛い過去がある。ハイティーンの頃、家庭の事情で一年ほど離《はな》れていた時期があった。そのとき、実の伯父《おじ》から性的な虐待《ぎゃくたい》を受けた。

その男は自分の立場を利用してユーインを脅し、彼を自分のいいようにしたらしい。その事実を知ったときには、腸《はらわた》が煮《に》えくり返るほどの憤《いきどお》りを感じた。

ユーインの告白を受けた頃、ちょうど彼の伯父の不正の調査に関わっていたヒューバートは、プライベートについてもさらに詳《くわ》しく調べることにした。叩《たた》けば埃《ほこり》が出る身だろうと思っていたけれど、結果は予想以上だった。

彼の餌食《えじき》になっていた未成年は、ユーインだけではなかったのだ。会社の資金の使い込みも桁《けた》外れだっただけでなく社員への暴行の揉《も》み消しなども判明し、複数の罪で収監《しゅうかん》された。いまも塀《へい》の中で過ごしているはずだ。

ウォン家の婿養子《むこようし》だった彼はその件で離縁《りえん》され、実家からも勘当《かんどう》されたと聞いている。出所したとしても、まともな生活が送れるとは思えない。

本音を云《い》えば、殺してやりたい憎《にく》い男だが、法の下《もと》で暮らしている人間として違法《いほう》なことに手を染めるわけにはいかない。だから、社会的に抹殺《まっさつ》してやったのだ。

彼の息子でユーインの従兄《いとこ》にあたるファンも素行が悪く、度重《たび》なる尻拭《しりぬぐ》いに堪忍袋《かんにんぶくろ》の緒《お》が切れた本家の監視《かんし》の下で、本国にある子会社の工場で働いているらしい。

幼い頃、ユーインを苛《いじ》めていた報《むく》いには足りないけれど、プライドだけは高い男にとっては平社員と同じ立場で働かされていることは、かなりの屈辱《くつじょく》だろう。

子供は好きな気持ちの裏返しで、好きな相手が嫌《いや》がることをすることもある。けれど、ファンはユーインをいたぶることを心から楽しんでいるようにしか見えなかった。

あのバースデーパーティの夜、ブローチを取り上げて困らせているファンと大事なものを奪《うば》われていまにも泣き出しそうになっているユーインを目にしたとき、咄嗟《とっさ》に間に入ったのはそんな空気を感じとったからだ。

自分より体の大きな相手に立ち向かうことに躊躇《ためら》いがなかったわけではないけれど、儚《はかな》げな雰囲気《ふんいき》を纏《まと》うユーインの悲しそうな顔を、あれ以上見ていられなかった。

「――そういえば、あのとき妖精《ようせい》かと思ったんだ」

「妖精？」

何気なく口にした単語に、ユーインは怪訝《けげん》な顔をした。

そんな単語がヒューバートの口から出てくるとは思わなかったのだろう。不思議そうな顔で目を瞬《しばたた》いている。

「云ってなかったか？　初めてお前を見たとき、あんまり綺麗《きれい》だから同じ人間だなんて思わなかったんだよな」

「わ、私のことですか？」

「他に誰《だれ》がいるんだ」

ユーインの漆黒《しっこく》の髪《かみ》と瞳《ひとみ》は、何とも云えず神秘的だ。

艶《つや》やかで手触《てざわ》りがよく、いい香《かお》りがする。月が明るい夜だったこともあり、月の光の妖精かもしれないなんて突拍子《とっぴょうし》もないことを考えてしまったのだ。

ヒューバートは歳《とし》のわりにませており、子供らしくない子供だとよく云われたものだ。

そんな自分が夢見がちな思考をしたことが気恥《きは》ずかしくて、ユーイン本人には云えなかったのだろう。

「妖精なんているわけないじゃないですか……」

ユーインは反応に困っているようだ。自ら胸を張ってもいいくらいの容姿をしているのに、いつまで経《た》っても控《ひか》えめだ。

「ガキの考えることなんだから仕方ないだろう。ま、でも、妖精だったとしても絶対に俺のものにしたけどな」

「……っ」

「いまでもしょっちゅう見蕩《みと》れてる」

さっきだって、浜辺《はまべ》に迎《むか》えにきてくれた姿に目を奪われた。ユーインは照れ隠《かく》しの一種なのか、張り合うような発言をする。

「私だって見蕩れることはあります。あなたのほうがずっと綺麗ですし……」

「そうか？」

「あなたの髪は日の光に透《す》けるとキラキラして、本当に綺麗です。あなたはオフィスよりも、太陽の下のほうが似合います」

ユーインの自分を見る眼差《まなざ》しに、いまでも憧《あこが》れに似たものが混じっていることは知っている。いま本人が云っていたように、母譲《ゆず》りのプラチナブロンドと父譲りの碧《みどり》の瞳をとくに気に入っているようだ。

ヒューバートは、自らの容姿がそれなりの武器になる程度のものだということは自覚している。けれど、トレーニングをして体を引き締めたり、少しでも見栄《みば》えがする格好をしているのは、偏《ひとえ》に恋人《こいびと》のためだ。

惚《ほ》れ直してもらいたいなんて贅沢《ぜいたく》を云うつもりはないが、彼の隣《となり》に並んで恥ずかしくない自分でいたいと思っている。

（しかし、ユーインが褒《ほ》め言葉を口にするなんて珍《めずら》しいな）

実際に耳にすると気恥ずかしいし、当人も慣れないことをしたせいで気まずい気分を味わっているようだ。

そんな空気をごまかしたいのか、アイスティーのグラスに口をつけたり、黙々《もくもく》とフルーツを食べたりしている。

色鮮《あざ》やかなフルーツが口に運ばれる様子を見ていたら、無意識に喉《のど》が鳴ってしまった。呑《の》み込まれていったマンゴーよりも、濡《ぬ》れた唇《くちびる》のほうが魅惑《みわく》的だ。

「美味《うま》そうだな」

「フルーツならまだありますよ」

ヒューバートの呟《つぶや》きはフルーツに対するものだと思ったらしい。フォークを差し出されたけれど、それを断り、違《ちが》う要求をした。

「手が塞《ふさ》がってるから食わせてくれ」

間抜《まぬ》け面《づら》だとわかっていたが、口を開けて待つ。

「もう…子供じゃないんですよ？」

呆《あき》れた顔をしながらもマンゴーを差し出してくれる。今日はずいぶんと甘やかしてくれる気らしい。いつもなら『ご自分でどうぞ』と突《つ》き放されているところだ。

「ん、美味い」

本当に食べたいものを見つめながら咀嚼《そしゃく》する。じっと見つめられていることに気がついたユーインが、途端《とたん》に落ち着きをなくす。

「わ、私の顔に何かついてますか？」

「見蕩れてた」

「……っ」

ついさっきも同じことを云ったというのに、改めて照れているようだ。この初々《ういうい》しさは、いつまで経っても変わらないのだろう。

「あ、グラスが空ですね！　おかわりを持ってきます」

そう云って立ち上がったユーインの腕《うで》を摑《つか》んで引き止める。

「いいから、ゆっくりしてろ。朝から働きっぱなしだろ」

「あの、これだけ入れたらすぐ戻《もど》りますから」

「それはあとでいい」

「わっ」

強く腕を引き、バランスを崩《くず》したユーインを膝《ひざ》に抱《だ》く。面食《く》らっている隙《すき》をつき、お互《たが》いの体を入れ替《か》えるようにしてカウチに押し倒《たお》した。

「ヒューバート!?」

「隙あり、だな」

新しいカバーに替えられたクッションに細い体を押しつけ、逃《に》げられないようにのしかかる。

「ま、まだそんな時間じゃないでしょう」

「愛し合うのに時間なんて関係ない」

「何を考えてるんですか！」

ストレートな物云いをすると、ユーインは一気に赤くなった。

「多分、お前が想像していることで合ってるとは思うが、答え合わせをしてみるか？」

「け、けっこうです！」

ユーインの頭の中でどんなことが繰《く》り広げられていたかは気になるが、いまはじっくり聞き出す余裕《よゆう》がない。眼鏡《めがね》を外してテーブルに置き、顔を近づけていく。

「本当に美味そうだ」

「ヒューバート、待って下さ――――ん……っ」

苦言を紡《つむ》ごうとする口を無理矢理塞ぎ、柔《やわ》らかな唇を味わう。吐息《といき》を零《こぼ》した隙間《すきま》から舌を捻《ね》じ込んで口腔《こうこう》を探《さぐ》ると、ユーインも諦《あきら》めた様子で控えめに口づけに応《こた》え始めた。

「ンぅ、んん」

アイスティーの味が残る舌を搦《から》め捕《と》り、吸い上げる。びくっと震《ふる》えた細身の体を押さえ込み、さらに深く貪《むさぼ》った。

「ぁん、ん……っ」

キスを続けながら、シャツの上から細い腰《こし》を撫《な》で上げる。

共にジムに通っているはずなのに、ヒューバートとはまったく違うスレンダーな体つきだ。運動量に差があることも一因だろうが、体質のせいも大きいだろう。

ウエストからシャツを引き抜《ぬ》き、さらりとした素肌《すはだ》に手を滑《すべ》らせる。脇腹《わきばら》や薄《うす》い胸元《むなもと》を撫で回し、何気なさを装《よそお》って胸の先に指先を引っかける。

「ん、ん……っ、ぅん」

小さな粒《つぶ》を集中的に弄《いじ》ってやると、そこが硬《かた》く尖《とが》ってくる。体の変化は、感じている証拠《しょうこ》だ。身悶《みもだ》えているのは、どちらに集中したらいいかわからないせいだろう。

時折、強く摘《つま》み上げると、堪《こら》えきれない様子で喉の奥が甘く鳴る。

(可愛《かわい》いな)

思う存分唇を堪能《たんのう》したあと、名残惜《なごりお》しく思いながら顔を上げる。ユーインは息を切らせ、目を潤《うる》ませていた。

「……あの、本当にここでするんですか？」

海が見渡《わた》せる開放的な場所が気恥ずかしいようだ。このウッドデッキには日よけの屋根がついているけれど、それ以外に視界を遮《さえぎ》るものはない。

「ここには俺たちしかいないんだ。恥《は》ずかしがることはない」

「でも」

困った様子で眉《まゆ》を下げる。はっきりとした拒否《きょひ》がないということは、迷いを感じているということだ。

「そういう顔をするな。余計に苛《いじ》めたくなるだろう」

「な、何云《い》ってるんですか」

頬《ほお》を朱《しゅ》に染めるユーインの様子が可愛くて、つい小さく笑ってしまった。

それこそ、ユーインとはこれまで数えきれないほど体を重ねてきた。同じ相手とばかりでは飽《あ》きるという輩《やから》もいるけれど、ヒューバートには理解できない気持ちだった。

抱けば抱くほど、夢中になっていく自分がいる。『溺《おぼ》れている』という表現が相応《ふさわ》しいかもしれない。

お互いの体のことは隅々《すみずみ》まで知り尽《つ》くしている。なのに、ユーインは未《いま》だに恥じらいを見せる。快感に溺れて理性をなくすのが恥ずかしいらしい。

一度箍《たが》が外れてしまえば驚《おどろ》くほど大胆《だいたん》になるくせに、そこに至るまでに少し時間がかかるのだ。そんなところも可愛くて堪《たま》らない。

つき合いの長さに甘え、横柄《おうへい》になってしまう瞬間《しゅんかん》もある。だけど、彼への愛《いと》おしさだけは一分一秒と重ねるごとに増している。

「お前がしたくないって云うなら、夜まで我慢《がまん》してやってもいいが……どうする？」

「あ……っ」

足を割り、股間《こかん》を膝で探る。案の定、そこはすでに反応を示していた。

ユーインは基本的にキスに弱い。いまは理性が勝っているようだが、瞳《ひとみ》はもうとろんとしている。

答えがわかっているのに最終決定権を委《ゆだ》ねるのは、彼自身の言葉で聞きたいからだ。

「……意地悪なことを云わないで下さい……」

「無理強《じ》いしたくないだけだ」

この状況《じょうきょう》で白々しいとは思うが、本人の口から了承《りょうしょう》が欲しい。贅沢を云えばおねだりが聞きたいけれど、それはあとのお楽しみだ。

「……一回、だけですよ」

「わかった」

気持ちが変わらないうちにと手早くシャツのボタンを外しながら、恥じらいに染まる首筋に口づける。

そこを強く吸い、陶器《とうき》のように滑《なめ》らかな肌に赤い印を残すと、ユーインは厳しい顔になった。

「んっ、見えるところは困るとあれほど……っ」

見える場所に情交の跡《あと》を残さないようにと、普段《ふだん》から口を酸《す》っぱくして云われている。ヒューバート自身も、そういったものを隠《かく》すのが大人のマナーだとわかっている。けれど、バカンスに来ているのだから少しくらい浮《う》かれたい。

「いつもは我慢してるんだからいいだろう？　心配するな、休暇《きゅうか》が終わる頃《ころ》には消えてる」

「そういう問題ではありません」

「マーキングくらいさせろって云ってるんだ。お前をこんな薄着《うすぎ》で出歩かせるだけでも心配なんだからな」

「何云ってるんですか……っ」

「悪い虫が寄ってきたらどうする」

仕事のときのユーインは、愛想がいいのにとりつく島がないと評判だ。

だが、この島に来てからはそのガードも緩《ゆる》んでいる。本人に隙があるなら、ヒューバートが守らねばならない。

「……寄せつけてるのはあなたのほうじゃないですか」

拗《す》ねた口調で詰《なじ》られる。自分ではこれといった心当たりはなかったけれど、珍《めずら》しく嫉妬《しっと》を露《あら》わにするユーインに相好を崩しかけた。

あまりだらしない顔をして呆れられるわけにはいかない。口元を引き締《し》め、彼の苦情に対する代替案《だいたいあん》を提示した。

「だったら、俺にもつければいい」

「え？」

「このへんに一つどうだ？」

指先で鎖骨《さこつ》の上を指し示す。人目につきやすい首筋では気兼《きが》ねするだろうと思い、服で隠れるぎりぎりの位置を提示した。

「わ、私はそういうのは……」

ヒューバートの切り返しが予想外のものだったのか、ユーインは目を泳がせている。

「いいだろ、たまにはキスマークの一つくらいねだったって」

「……わかりました」

ユーインはやむを得ないと云わんばかりの面持《おもも》ちでヒューバートの首に腕《うで》を回し、指で示した場所にちゅ、と音を立てて吸いついた。その頼《たよ》りない感触《かんしょく》に笑いが漏《も》れる。

「笑わないで下さい」

「笑ってるわけじゃない」

「笑ってるじゃないですか」

「これは嬉《うれ》しいだけだ。ほら、もっとしっかり吸え。そんなんじゃ跡なんて残らないだろ」

「わかりました。そんなに跡をつけて欲しいんですね」

「……ッ」

意趣返《いしゅ》しとばかりに噛《か》みついてきた。歯を立てられた微《かす》かな痛みに顔を顰《しか》める。

「これでいいですよね？」

「歯形とは大胆だな」

「あなたの要望に応《こた》えたまでです」

強気な台詞《せりふ》を口にしながら、視線を逸《そ》らす。内心では恥ずかしくて堪らないのだろう。そんな見栄《みえ》っ張りなところも可愛くて堪らない。

「お前はどこに跡をつけて欲しい？」

「だから、私は……っあ！」

ヒューバートもお返しに、鎖骨の上や胸の真ん中、腕のつけ根とあちこち吸い上げてやる。白い肌に花びらが散ったかのような光景に満足する。

逸《はや》る気持ちが抑《おさ》えきれず、性急にウエストを押し下げた。下肢《かし》を覆《おお》うものを全《すべ》て取り去り、足を大きく開かせる。

「や、待って下さい……っ」

ユーインはあられもない自分の姿に頬を赤らめる。反応を示す自らのものを隠そうとしたが、それよりもヒューバートのほうが早かった。

「待てないのは俺だけじゃないだろう？」

緩く勃《た》ち上がったそれを手の平の中に握《にぎ》り込み、緩く擦《こす》るとそれはすぐに硬《かた》く張り詰《つ》める。

体液の滲《にじ》む小さな窪《くぼ》みを指先で抉《えぐ》ると、びくんと腰《こし》が震《ふる》えた。

「ぅあ……っ、ン、んん！」

閉じようとする足を押さえつけ、強弱をつけて扱《しご》き上げる。有無を云わせぬ愛撫《あいぶ》をするのは、一秒でも早く理性を飛ばしてしまいたいからだ。

戸惑《とまど》いを浮かべる表情の中、漆黒《しっこく》の瞳が快感に蕩《とろ》けていくのが見て取れる。零《こぼ》れる吐息《といき》は甘く、微かな喘《あえ》ぎは耳に心地《ここち》いい。

「う、ん……っ、んー…っ」

執拗《しつよう》な刺激《しげき》に、手の中のそれは赤く充血《じゅうけつ》している。このまま追い詰めれば、呆気《あっけ》なく果ててしまうだろう。

どこがどんなふうに感じるのか、ヒューバートはとっくに知り尽くしている。だけど、今日はすぐに終わらせてやる気はなかった。

「あ、はっ……あっ、やぁ……っ!?」

「まだダメだ」

終わりを迎《むか》えそうになった昂《たか》ぶりの根本をぎゅうっと締めつけ、衝動《しょうどう》を抑え込む。荒《あ》れ狂《くる》う熱の遣《や》り場を失ったユーインは困惑《こんわく》の表情で見つめてくる。

「ど…して……？」

「許可をもらったのは一回だけだからな。こんなところで終わらせられない」

「！」

自分の言葉を思い出したのか、ユーインは目を瞠《みは》って黙《だま》り込んだ。

「だから、もう少し我慢してもらわないとな」

本来はスコーンに載《の》せるはずの蜂蜜《はちみつ》を小さな器から指で掬《すく》い、塗《ぬ》りつける。

「なっ……!?」

感触に驚《おどろ》いたそこは一瞬《いっしゅん》だけ強張《こわば》ったけれど、やや強引に指先を押し込むと素直に呑《の》み込んでいった。

「んっ、ぅん、ん……っ」

ユーインは歯を食い縛《しば》っているのか、吐息すら堪《こら》えようとしている。大きく指を抜《ぬ》き差しし、まだ狭《せま》いそこを拡《ひろ》げるために掻《か》き回した。

「や……ぁ……っ、あ……っ」

最初はべたついていた蜂蜜も体温で蕩け、動きがスムーズになってくる。

荒《あら》い呼吸に胸を上下させているユーインから指を引き抜き、代わりに猛《たけ》った自身をあてがった。ぬるつく入り口を探《さぐ》りながら、逸る気持ちを抑えて問いかけた。

「いいか？」

「ダメって云《い》ったら、我慢してくれるんですか？」

いつもより性急で意地悪なヒューバートに、息を切らせながら恨《うら》めしげな目を向けてくる。

しかし、この休暇に連れ出した張本人はユーインだ。開放的な気分にさせた責任は取ってもらいたい。

「それは無理な相談だな」

「ぅあ……っ」

正式な承諾《しょうだく》を待たず、先端《せんたん》を押し込んだ。ゆっくりと時間をかけて侵入《しんにゅう》するのも好きだが、今日はそんな余裕《よゆう》はない。体重を載せるようにして、一息に根本まで押し込んだ。

「ン、んんー……っ」

ねっとりと粘膜《ねんまく》が絡《から》みついてくる。柔《やわ》らかいものにキツく締めつけられる感触が堪《たま》らなく気持ちいい。

このままめちゃくちゃに掻き回してやりたい衝動を抑え込み、喘ぐ恋人《こいびと》の顔を覗《のぞ》き込む。

「さすがにキツいな。食い千切られそうだ」

「あなたが急ぐから……っ」

恨みがましい眼差《まなざ》しで見上げられるのも悪くない。可愛《かわい》がってやりたいし、意地悪なこともしてやりたい。男の性とは本当に質《たち》が悪いものだ。

「悪かった。でも、こういうのもたまには悪くないだろ？」

「ぁん……っ」

キツく突《つ》き上げ、次の苦情を封《ふう》じる。そのまま揺《ゆ》すり上げると、泣きそうな表情になる。感じすぎて困っているときの顔だ。

「あっ、ぅ、ん、ん……っ」

張り詰め、反り返った昂ぶりがヒューバートの下腹部に当たっている。体を寄せて敢《あ》えて擦れるように抜き差しをしてやると、自分からも腰を擦りつけてきた。

動きは大胆《だいたん》になりつつあるのに、上がる声は控《ひか》えめだ。歯を食い縛り、吐息すら押し殺そうとしている。

「外だから声を出さないようにしてるのか？」

「……っ」

ヒューバートの指摘《してき》は的を射ていたようだ。その自制を解こうと、小さく息を呑んだユーインの耳元に囁《ささや》きかける。

「ここには俺たち以外いないってわかってるだろう？」

「……わかってますけど……」

「恥《は》ずかしい？」

ユーインは頬《ほお》を染めてこくりと頷《うなず》く。恥じ入る様子に目を細める。

「じゃあ、恥ずかしいところを見せてくれ」

「うあ……ッ!?」

一際《ひときわ》強く穿《うが》ったあと、ぎりぎりまで自身を引き抜く。抜け出る寸前に押し戻《もど》し、粘膜を擦り上げた。抉るような抜き差しに、悲鳴じみた声が上がる。

「あ、あ、あ……っ⁉」

内壁《ないへき》が物欲しげに絡みつき、小刻みに震えている。ユーインの細い腰を摑《つか》み、激しく体の中を掻き回した。律動に合わせて、体温に蕩けた蜂蜜が濡《ぬ》れた音を立てる。

「ぁあ……っ、あっ、あ、ああ……ッ」

突き上げるたびに上がる嬌声《きょうせい》もどんどん艶《つや》を増していく。初めは外であることを意識して自らを律していたユーインだが、少しずつ箍《たが》が緩《ゆる》んできた。

「いや、あ……っ、だめ、そこ、あぁあ……っ」

理性を奪《うば》い去るにはもう一息だ。ヒューバートはより敏感《びんかん》な場所を集中的に責め立てた。休みなく快感を与《あた》え続けた体は、陥落《かんらく》しかかっていた。

「ユーイン、このままいいか？」

「……っ」

ユーインが小さく頷くのを確認し、追い上げるリズムを上げた。カウチが軋《きし》むほど激しく穿ち、内壁を抉る。

「あっ、あっあ、あ――」

浅い部分から一息に突き上げてやると、ユーインは甘い悲鳴を上げて終わりを迎えた。赤く充血し、張り詰めた昂ぶりを震わせ、白濁《はくだく》を散らす。

絶頂の衝動に強張ったユーインの腰を摑み直し、ぐっと引き寄せた。蕩けきった体内に屹立《きつりつ》を深く埋《うず》め、欲望のままに掻き回す。

射精の余韻《よいん》に敏感になっている体は、荒々しい刺激に戸惑いを見せるけれど、構うことなくその奥深くに逐情した。

「あ…あ……っ」

繫《つな》がった体を軽く揺すりながら、残滓《ざんし》まで注ぎ込んだ。

快感の余韻に震える粘膜が絡みついてくる。そんなユーインの体から屹立を引き抜こうとすると、泣きそうな声で引き止められた。

「や……っ、抜かな…で……っ」

一旦《いったん》火がついてしまった体は、そうそう簡単には鎮《しず》まらないのだろう。

もちろん、こんな状態ではヒューバートも治まりがつかない。あっさりと身を引こうとしたのは、少し苛《いじ》めてみたかったからだ。

「一回だけと云わなかったか？」

「ごめんなさ……でも……」

辛《つら》そうな表情で縋《すが》るような眼差しを向けてくる。それだけで理性が瓦解《がかい》しそうになったけれど、ぐっと堪えて言葉にするよう促《うなが》した。

「ちゃんとおねだりできるだろう？」

ユーインは微《かす》かな躊躇《ためら》いを見せたあと、声を絞《しぼ》り出した。

「……もっと、して下さい……っ」

「お前の好きなだけ抱《だ》いてやる」

消え入りそうな催促《さいそく》を聞き入れ、再び奥深くを貫《つらぬ》く。蕩《とろ》けるように甘い声を零《こぼ》す唇《くちびる》を貪《むさぼ》りながら、爛《ただ》れた昼下がりに溺《おぼ》れていった。


シャワーのコックを捻《ひね》ってお湯を止め、濡れそぼった髪《かみ》を両手でかき上げる。フックにかけておいたタオルでざっと体を拭《ふ》き、綿のパンツに足を通す。棚《たな》に置いておいた眼鏡《めがね》をかけると、視界がクリアになった。

火照《ほて》る肌《はだ》にシャツを羽織る気にはなれなくて、上半身裸《はだか》のままバスルームをあとにする。

ユーインは先にシャワーを浴び、身支度《じたく》をすませてしまった。一緒《いっしょ》に浴びようと誘《さそ》ってみたけれど、それは頑《かたく》なに固辞された。

何もしないというヒューバートの言葉を信用してもらえなかったせいだが、正直なところ自分でも信用ならないとは思うから仕方がない。

「我ながら、浮《う》かれすぎてるな」

まるでつき合い始めの頃《ころ》のように舞《ま》い上がっている。日常を離《はな》れたシチュエーションが、気分を昂揚《こうよう》させているのだろう。

休暇《きゅうか》を勧《すす》められたときは気が乗らなかったけれど、ユーインの言葉に従っておいてよかったといまは思っている。

今日は日中のほとんどを別荘《べっそう》で過ごすことになったけれど、明日は二人でどこかに出かけるのもいいかもしれない。

子供の頃にはなかった観光客向けの大きなショッピングモールに足を延ばしてみるのもいいし、クルーザーで沖《おき》に出るのも悪くない。

ユーインと二人で過ごせるなら、行き先はどこでも構わない。彼の笑顔《えがお》が見られるなら、どこだろうと楽しめるはずだ。

上機嫌《じょうきげん》で明日からの算段を考えながらリビングに向かうと、ユーインの話し声が聞こえてきた。様子を窺《うかが》うと、携帯《けいたい》電話を手に少し困った様子で受け答えしていた。

「……申し訳ありません。いえ、そういったつもりでは――」

口調から察するに、相手は仕事関係の人間のようだ。誰《だれ》に対しても丁寧《ていねい》な言葉遣《づか》いを崩《くず》さないユーインだが、親しい相手だと柔らかな響《ひび》きになる。

(相手は誰だ?)

休暇に入る前、当面の仕事は片づけてきた。休みの間の業務連絡《れんらく》をシャットアウトするためだ。緊急《きんきゅう》の事態以外は、ジェレミーに采配《さいはい》を頼《たの》んできてある。

そもそも、自分たちが仕事で使っている携帯電話は自宅の金庫に入れてきた。緊急連絡先として新たな端末《たんまつ》は用意したけれど、その番号を知っているのは家族と会社の一部の人間だけで外部には一切《いっさい》伝えていない。

「はい、もちろんです。アンダーソンさまのお誘いだからというわけでは……」

漏《も》れ聞こえる話から察したところ、電話の相手は自社のメインバンク、フィフストラスト・バンクのオーナー、サミュエル・アンダーソンだということがわかった。

どうやら、ヒューバートが休暇に来ていることを聞きつけ、様子伺《うかが》いの電話をかけてきているようだ。

(どこから漏れたんだ?)

休暇を静かに過ごすため、日程や行き先は社内でもトップシークレット扱《あつか》いにした。それにも拘《かか》わらず、こんなにも簡単に連絡先やスケジュールが漏れるのは会社として問題がある。情報の管理体制を見直す必要があるようだ。

社内の対処は追々やっていくとして、とりあえずは目の前の問題を片づけることにした。アンダーソンの対応に手を焼いているユーインから電話をひょいと取り上げる。

「あっ」

「ヒューバートです。お電話代わりました」

『おお、君か。いま手が離せないと云《い》われたが、大丈夫《だいじょうぶ》なのかい？』

「少しでしたら構いません。ところで、この番号はどこで知ったんですか？」

せっかくの楽しい気分に水を差されたヒューバートは、内心の苛立《いらだ》ちを隠《かく》すことなく問いかける。

『ん？　どこだったかな。そんな細かいことはいいじゃないか。実はな、我々も休暇に来てるんだよ。君の別荘の目と鼻の先にあるホテルに滞在《たいざい》してるんだ』

こちらの問いをわざとらしく脇《わき》へ押しやり、話題を変えてくる。これ以上の追及《ついきゅう》は無駄《むだ》だと悟《さと》り、やむなく話に乗った。

「それは奇遇《きぐう》ですね」

『ジュリアとの水入らずの旅行でね。よかったら、三人で食事に行かないかい？　去年新しくできたレストランが美味《うま》いんだ。ぜひ、君にもそこの料理を味わってもらいたいと思ってたんだよ』

「――三人で、ですか」

アンダーソンのあからさまな誘いに苦い顔になる。彼は娘《むすめ》ジュリアとヒューバートの仲を取り持ちたいのだ。

ビジネスの上では世話になっているし、できることなら今後も上手《うま》くやっていければと思ってはいる。しかし、プライベートのつき合いを深める気はさらさらない。

『ああ、私とジュリアと君でどうだい？　娘は君と二人きりがいいと云うかもしれないが、父親としてはまだまだお目付役を返上できないからなぁ』

「……………」

電話の向こうで快活に笑うアンダーソンは、ヒューバートの言葉の意図を把握《はあく》できなかったようだ。

ヒューバートがとくに不快に思ったのは、ユーインをその他大勢として扱われたことに関してだ。彼が恋人《こいびと》だとは伝えていなくとも、古いつき合いの友人であることやビジネス上のパートナーということは知っているはずだ。

彼には未《いま》だに秘書役を担ってもらっているけれど、正式な立場は共同経営者であり、持ち株はヒューバートとほぼ同じ割合だ。

なのに、アンダーソンは自分とユーインに対する態度にあからさまな差をつける。

そうした扱いをすることで自尊心を擽《くすぐ》られて悦《えつ》に入《い》るタイプもいるだろうけれど、ヒューバートにしてみたら不愉快《ふゆかい》なだけだ。

彼にそれが理解できないのは、彼自身が特権意識の強い人間だからだろう。

もし、ユーインがただの部下だったとしても、ぞんざいな態度を取られたら腹が立つだろう。社員は皆《みな》、大切な仲間だ。使い捨てる消耗品《しょうもう》ではない。

『で、どうかな？　明日の夜、空けておいてもらえるかい？』

ている。


「それは急なお誘いですね」

『多忙《たぼう》な君が休暇だなんて、こんな機会を逃《のが》すわけにはいかないからね。ジュリアも君とゆっくり話をしてみたいと云っているんだよ』

ついでのように娘の話を持ち出しているが、ジュリアが父親を焚《た》きつけていることはわかっている。

ジュリア・アンダーソンは華《はな》やかな美人でスタイルもよく、自信に満ち溢《あふ》れたタイプだ。彼女のようなタイプに惹《ひ》かれる男も少なくない。あちこちで浮き名を流していることは、ヒューバートの耳にも届いている。

以前はこちらに見向きもしなかった彼女だが、しばらく前からわかりやすい秋波を送ってくるようになった。とは云っても、彼女から感じるのは好意ではなく野心だ。

以前はパーティなどで顔を合わせても言葉を交《か》わすことがなかったことからも、その意図は明白だ。

それなりの年齢《ねんれい》になったいま、結婚《けっこん》相手として過不足ないと判断されたのだろうが、その打算に乗るつもりは毛頭ない。

その気がないことは顔を合わせたときに改めて伝えることにし、しばらくの間は都合がつかないと云っておくに留《とど》めておくことにした。

「申し訳ありません。お誘いはありがたく思いますが、当面予定がつきそうにありませんので遠慮《えんりょ》させて下さい。娘さんとの水入らずの時間を邪魔《じゃま》したくありませんし」

『邪魔だなんて何を云ってるんだね。君ならいつだって大歓迎《だいかんげい》だよ。夜が難しいなら、ランチはどうだい？』

「そのお誘《さそ》いは休暇が明けてから改めてお話させて下さい。すみません、そろそろ次の予定があるので今日はこれで失礼します」

アンダーソンの返事を待たずに通話を切る。いつまでも彼のペースに合わせていたら、何時間も話が続きそうだ。

「ヒューバート――」

物云いたげな表情のユーインの言葉を手で制止し、端末に登録してある数少ない番号をコールした。

『はい、レイエス。どうした、ユーイン？』

「――俺だ」

『ヒューバート⁉　ユーインとケンカでもしたか？』

電話に出たジェレミーは驚《おどろ》きの声を上げた。

本来は休暇が明けるまで、連絡は一切しないことになっていたのだが、急ぎで対応しなければならない事態が起こってしまった以上仕方がない。

「そんなことになってたら、お前に電話をかけてる暇《ひま》なんてあるわけないだろう。忙《いそが》しいところすまないが、仕事を追加していいか？」

『痴話《ちわ》ゲンカに巻き込まれるよりはずっといい。いまさら一つ増えたところで、どうってことはないしな。で、俺は何をすればいい？』

「アンダーソンに俺たちの休暇《きゅうか》のことと、この端末の番号が知られていた。どこから漏れたか内密に調べておいてもらえるか？」

『アンダーソンというとフィフストラスト・バンクの？』

ヒューバートの報告に、ジェレミーは声を硬《かた》くした。事の深刻さを察したのだろう。

公にしていないスケジュールが外部に漏れたとなると、社内のセキュリティ自体を見直す必要がある。

システムの不具合か人為《じんい》的な漏洩《ろうえい》なのかはまだわからないが、どちらにしろ対策を練らなければならない。

「ああ。彼らもこちらに来ているらしい。いま、食事の誘いの電話がかかってきた。内部から漏れたとしか思えない」

『わかった、急いで調べておく。すまない、どこかで手落ちがあったのかもしれないな』

「業務に支障のあることじゃなくてよかったと思っておこう。また連絡《れんらく》が来ても面倒《めんどう》だから、この番号は電源を落としておく。何かあったらメールか俺の端末にかけてくれ」

『了解《りょうかい》。この件は責任を持って俺が原因を突《つ》き止めておく。残りのバカンスは心置きなく楽しめるといいな。ユーインにもそう伝えておいてくれ』

ジェレミーはヒューバートの依頼《いらい》を快く引き受け、通話を切った。

この件は彼に任せておけば、いずれ答えが出るだろう。あとはこちらでアンダーソン本人の応対をするだけだ。

端末《たんまつ》の電源を落としたところで、こちらの居場所はバレている。もしも直接訪ねてくるようなことになったなら、滞在場所を変えたほうがいいかもしれない。

「……申し訳ありませんでした」

「何のことだ？」

今後の算段を考えていたヒューバートに、ユーインが気落ちした表情で謝罪してきた。

「こんなことであなたの手を煩《わずら》わせるなんて私の不手際《ふてぎわ》です」

どうやら、アンダーソンの応対に手を焼いていたことを気にしているらしい。

ユーインの生真面目《きまじめ》な性格は長所でもあり、短所でもある。

とくにヒューバートが絡《から》むと驚くほど意固地になるときがある。彼自身、融通《ゆうずう》のきかなさを持て余している部分もあるようだ。

「そんな暗い顔をするな。お前が気に病《や》む必要がどこにある？」

「ですが、あなたのスケジュール管理は私の仕事です」

「わかってる。けど、いまは休暇中なんだ。そう堅苦《かたくる》しく考えなくていい。ジェレミーもバカンスを楽しめと云《い》っていたぞ」

気にするなと云ったところで、すぐに気持ちを切り替《か》えられるものでもないだろう。しばらくはそっとしておいたほうがいいかもしれない。

「そうだ、夕食はどうする？　お前さえよければ、たまには俺が作ろうか？」

空気を変えようと、違《ちが》う話題を振《ふ》る。

せっかくの休暇を満喫《まんきつ》しようとしていたところに水を差された形になってしまったけれど、だからといって不機嫌《ふきげん》に過ごしても仕方がない。

夕食を作ると云っても、パスタやサラダくらいのレパートリーしかないけれど、ユーインの手を休めることはできる。もちろん、後片づけも自分でやるつもりだ。

「……本当にアンダーソンさまのお誘いを断ってしまってよろしかったのですか？」

「何か問題か？」

「気乗りしないのはわかりますが、アンダーソンさまのお誘いを何度もお断りするのは今後に影響《えいきょう》が出ないとは云いきれません」

「いまはプライベートだ。仕事から離《はな》れて休暇を取れと云ったのはお前だろう。これから一月、仕事をするつもりはない」

「ですが――」

メインバンクのオーナーであるアンダーソンとの関係が悪くなれば、会社としての関係も悪くなる。それがユーインの心配の種なのだろう。

その心配は、的外れとは云いきれない。これまでのように有利な条件での融資《ゆうし》が受けられないどころか、取り引きが全《すべ》て打ち切られる可能性だってある。

もちろん、ヒューバートもそのことは理解している。だからといって、相手の思いどおりになる必要もないはずだ。

ユーインの不安は理解できるし、自分の云い分が屁理屈《へりくつ》だということもわかっている。けれど、見え見えのお膳立《ぜんだ》てに乗る気にはなれなかった。

素気ない態度は、彼らに期待をさせないためのものでもある。少しでも譲歩《じょうほ》したら、いま以上に強引に迫《せま》ってくるはずだ。

「あなたの気持ちもわかりますが、一度くらいお誘いを受けたほうがよろしいのでは？　そうすれば、アンダーソンさまも納得《なっとく》されるのではないかと」

ユーインは一度義理を果たしておけば、今後の面倒を避《さ》けられると思っているようだが、あの手のタイプはより一層食いついてくるだけだ。

今回の件で、アンダーソンは娘《むすめ》に甘い親バカな顔を装《よそお》っているけれど、彼自身の打算も充分《じゅうぶん》に含《ふく》まれている。

本質的にお人好《よ》しなユーインは、親子という関係性に目が曇《くも》っているのだろう。仕事ばかりの両親のもとで育ったせいか、『家族』に対してコンプレックスを持っている。

　ヒューバートの父、ウィルのことを理想の父親像のように思っているようで、世間一般《いっぱん》の父親は斯《か》くあるものだと信じている節がある。

「お前だって彼らの意図はわかってるだろう？　俺が都合のいい結婚《けっこん》相手として値踏《ねぶ》みされているのがわかっておきながら、作り笑顔《えがお》で食事をしてこいって云うのか？」

「……それは……」

　ヒューバートの問いに、ユーインは顔を俯《うつむ》かせた。その罪悪感の滲《にじ》む表情は、最近よく目にするものだった。

「何が不安なんだ？　もしかして、俺が周りから結婚を急《せ》かされてるのを気にしてるんじゃないだろうな？」

「……ッ」

　何気なく口にした言葉に、ユーインは顔を強張《こわば》らせ、小さく息を呑《の》んだ。どうやら、図星を指してしまったらしい。

（こんなに気に病んでいたとはな……）

　最近、周囲からの『結婚』へのプレッシャーが、以前よりも強くなっていることに気づいてはいた。

　それなりの年齢《ねんれい》になり、会社の経営も軌道《きどう》に乗っているというのが大きな理由だろう。

　しかし、自分では聞き流してばかりいたため、ユーインがここまで深刻に受け止めているとは思ってもいなかったのだ。

もちろん、ユーインとのことを知っている家族や友人などのごく親しい人は、自分たちのことをよく理解してくれている。だが、そうでない人々も少なくない。

社外取締役《とりしまりやく》や仕事の取り引き相手などとの何気ない会話から、身を固めることを期待されているのが伝わってくる。

先日のバースデーパーティで顔を合わせた伯母《おば》からははっきりと、家庭を持って子供を作らなければ大人として一人前ではないと云われた。

結婚し、子供を作ることが最上の幸福だと信じている人々にとって、ヒューバートへの進言は曇り一つない善意からのものだ。

悪意に対しては対策のしようもあるけれど、傍迷惑《はためいわく》な善意を覆《くつがえ》すのは難しい。

気に留めずにいるのが一番だが、聞く耳を持たないヒューバートの場合、そういった小言はユーインへと行くことになる。

もしかしたら、自分に対するものより強い調子で言われていたのかもしれない。

「俺は結婚なんてしない。お前がいればそれでいい」

「……それはわかってます」

ヒューバートの言葉は心からのものだ。ユーインだって、それを疑ってはいないだろう。なのに、表情が晴れないのは自分たちを取り巻く柵《しがらみ》を気にしているからだ。

ヒューバートとしてはユーインが恋人《こいびと》であることを公言したいと思っている。本人の許可が下りるのなら、いますぐにでも結婚したい。

(何度もプロポーズしてるんだがな……)

これまでずっとプロポーズをやんわりと躱《かわ》されているのは、ユーインが目立つことを好まないせいだ。

同性婚《こん》への偏見《へんけん》も以前に比べたらだいぶ小さくなってきたとは云え、保守的な人たちもまだまだ少なくはない。とくに彼の親族はいい顔をしないだろう。

ウォングループは傾《かたむ》きかけた商売を一から建て直すためにと、ユーインの曾祖《そうそ》父《ふ》がアメリカに拠点《きょてん》を移した。その決断が現在の発展に繋《つな》がったらしい。

この国での歴史は浅いけれど、本国での創業から数えると、その長さは比べものにならない。伝統があるということは、それだけ重いものを背負っているということだ。

いまはヒューバートのもとにいることが許されているユーインだが、いつ呼び戻《もど》されてもおかしくはない。

成人しているのだから、個人の意志に任せるべきだと思うが、自分にはわからない『家』の柵《しがらみ》を捨てきれないユーインの事情もある。

つき合い始めた頃《ころ》、彼の両親や祖父母に交際の報告はした。ユーインは渋《しぶ》ったけれど、秘密の関係はやがて彼自身の負担になっていくと思ったからだ。

大歓迎《だいかんげい》とはいかなかったけれど、受け入れてはもらえた。それはウォン家とクロフォード家の結びつきのためという打算もあったはずだ。

もしも、自分がクロフォードの家に生まれなかったら、顔も合わせてもらえないまま門前払《ばら》いされていたに違いない。

年若いヒューバートにとっての社会的信頼《しんらい》は、父親が築き上げてきたものの上にあったというわけだ。

しかし、いまは独立し自ら起《た》ち上げた会社を経営している。父親の七光りではなく、自分の力を認めてもらうためにも頑張《がんば》ってきた。

だが、彼らは自分たちが一生を添《そ》い遂《と》げるつもりだとは思っていないらしい。若気の至りのようなものだと判断し、様子を見ているにすぎないようだ。

遠回しに良家の女性との婚姻《こんいん》を勧《すす》めてきたこともある。もちろん、やんわりと断っていたが、ユーインが罪悪感を覚えているのは見て取れた。

従兄弟《いとこ》は多いが、ユーインに兄弟はいない。直系の男子として、有力な筋と婚姻関係を結び、跡継《あとつ》ぎを作ることを期待されているのだろう。

つまり、彼らにユーインと共にいることを認めてもらうためには、それを越《こ》えるメリットを提示する必要があるということだ。

『幸せにする』という約束は一生をかけて果たすつもりでいるが、言葉や気持ちだけではダメなのだ。彼を『幸せ』にできるプランを提示しなくてはならない。

行動と結果を以《もっ》て、それを証明するつもりではいるけれど、とりあえずいまは問題を横に置いておくしかない。

「お節介《せっかい》なやつらも多いが気にするな。俺たちの生活に口を挟《はさ》む権利はない」

「ですが、彼らの気持ちは理解できます。皆《みな》さん、ヒューバートのことを心配してくれているんですよ」

「そうか？　好き勝手なことを云《い》ってるだけにしか思えないがな」

「私たちを見ているほうからすると、私たちのほうが好き勝手しているように見えるんだと思います。いまのあなたは責任のある立場にありますから」

「お前はどっちの味方なんだ？」

「客観的な意見を述べているだけです」

「俺の人生だ。俺の好きにして何が悪い？　自分の信念に基づいて行動している。いまがあるのはその結果だ」

ここまで来るのに、平坦《へいたん》な道ではなかった。端《はた》から見れば苦労知らずの御曹司《おんぞうし》なのかもしれないが、人知れず努力はしたし苦労もしてきたつもりだ。

経営者になることは幼い頃の夢でもあったし、自分のためでもあるが、何よりもユーインと共にいるためだ。

外野の人間にあれこれ云われないよう精進《しょうじん》してきたのに、まさか、当事者に水を差されることになろうとは思わなかった。

「もちろん、あなたの云ってることは正論です。だけど、そう思わない方々がいることも認識しておく必要があるんじゃないでしょうか？　いまのあなたには守るべきものがたくさんあるんですから」

守るべきもの——それはヒューバートにとって、ユーインを措《お》いて他《ほか》にはない。だけど、彼自身はそう思っていないらしい。

苛立《いらだ》ちをやりすごせず、敢《あ》えて訊《き》き返してしまう。

「何が云いたい？」

「立場に見合った行動を取って欲しいだけです」

ユーインが云いたいことはわからないでもない。大雑把《おおざっぱ》にまとめれば『上手《うま》くやれ』ということだ。

周囲の期待に応《こた》えるとなると、大事にしていることを脇《わき》に置いておくことになる。自分の信念を曲げてまで尊重すべきだとは思えない。

「だからって、いちいち気にしてたらキリがないだろう。まさか、お前までどこかの女と結婚して子供を作ることが俺の義務だなんて云い出すんじゃないだろうな？」

「……そういうわけではありませんが……」

ユーインの返答は歯切れが悪かった。彼の中に、迷いがあるということだ。ユーインの気持ちは痛いほどわかる。わかるからこそ、苛立ちも募《つの》っていた。

いまの立場を築くに至ったのは、ユーインの家族に自分を認めてもらうためでもあった。それなのに、積み上げてきた成功が足枷《あしかせ》となるなんて皮肉にもほどがある。

「云いたいことがあるならはっきり云え。――もう俺といるのに疲《つか》れたか？」

「そんなこと……っ」

自嘲《じちょう》めいた問いかけに、ユーインは青い顔になる。

長いつき合いだ、いまさら彼の気持ちを疑うつもりはない。だけど、ユーインはヒューバートのためならば何だってするだろう。

「お前は俺の立場とか将来ばかり考えているが、お前自身はどうなんだ？　俺との将来を考えたことはあるのか？」

想《おも》い合っているはずなのに、その想いがすれ違《ちが》ってしまっている。噛《か》み合わないことへの苛立ちを、ユーインへとぶつけてしまう。

自分でも失言だったとすぐに気づいたけれど、発言を取り消すことはできない。

「――――」

「その沈黙《ちんもく》は肯定《こうてい》と否定のどっちなんだ？」

「それ…は……」

ユーインは、自己犠牲《ぎせい》の塊《かたまり》のような人間だ。

ヒューバートが彼を守りたくても、彼自身は何を差し置いてもヒューバートを守ろうとするだろう。そのことが自分たちを引き裂《さ》くとわかっていても、だ。

出逢《であ》った瞬間《しゅんかん》に恋に落ち、それからずっとただ一人を想い続けてきた。

それだけ聞けば美談にも聞こえるけれど、想いを向けられている当人にとっては重たすぎるものかもしれない。自覚していなくとも、負担に感じている可能性もある。

相手のためという大義名分があれば、離《はな》れることができる。もしかしたら、それがユーインにとって一番いいことなのかもしれない。

(別れることが最善の選択《せんたく》だとしたら、俺はユーインを手放せるのか？)

止《と》め処《ど》ない思考を一度停止させ、自問する。理性で導き出した答えと感情が生み出す答えが一致《いっち》するとは限らない。

あらゆるパターンやシチュエーションを考えてみたけれど、ユーインのいない未来は想像できなかった。

秘めた想いを抱《かか》え、彼の幸せを願っていた頃なら、自分を律して抑《おさ》え込んでおけたかもしれない。しかし、いまは彼がこの腕《うで》の中にいる喜びを知ってしまっている。

いま、ユーインが本気で身を引こうとするなら、どんな手段を使ってでも引き止めるだろう。あらゆる退路を断《た》ち、逃《に》げ場など作らせない。がんじがらめにしてでも、この腕の中に閉じ込める。

ヒューバートの中にそんな暗い感情があることに、果たして彼は気づいているだろうか。

「……少し、一人になって考えてきます」

しばらく黙《だま》り込んでいたユーインは、そうぽつりと呟《つぶや》くと踵《きびす》を返して玄関《げんかん》から出ていってしまった。

咄嗟《とっさ》に引き止めなければと思ったけれど、かける言葉が出てこなかった。リビングに一人取り残されたヒューバートは、自責の念に拳《こぶし》を握《にぎ》り締《し》める。

(——俺は何をやってるんだ)

自分は彼を守りたかっただけだ。

なのに、どうしてこんなことになってしまったのだろう?

せっかくの休暇《きゅうか》に不用意な電話をかけてきたアンダーソンを恨《うら》みかけたけれど、根本的な問題はヒューバート自身にある。

ユーインが不安に思うのは、自分につけいられる隙《すき》があると見られているからだ。これまで、面倒《めんどう》ごとから目を逸《そ》らしてきたツケが溜《た》まっているのだろう。

彼を矢面《やおもて》に立たせないためには、自分たちの関係を表に出さずにいればいいだけだと軽く考えていた。だけど、それは応急処置でしかない。

どうしてわかってくれないのかともどかしく思いもしたけれど、言葉にしなければ伝わらない。一緒《いっしょ》にいる時間が長すぎて、そんな単純なことさえ忘れていた気がする。自分もユーインも、それぞれが一人で戦えばいいと思ってきた節がある。多分、それが間違いだったのだ。

二人の問題は、二人で立ち向かわなければ解決しない。そんな単純なことにいままで気づかなかったなんて、愚《おろ》かとしか云いようがない。

かける言葉が見つからないのだとしても、いまは躊躇《ためら》っている場合ではない。そんな暇《ひま》があるのなら、ユーインを追いかけるべきだ。

きっといま頃《ごろ》、彼は自分を責めている。一人にさせたら、どんどん悪い方向に考えが行ってしまうだろう。

「ユーイン！」

忙《せわ》しなくシャツを羽織って別荘《べっそう》を飛び出したものの、すでにユーインの姿は見えなくなっていた。

(どこに行ったんだ……？)

一人になって考えてくると云っていたけれど、ヒューバートにはユーインの行き先に思い当たるものはなかった。

一度、酒で嫌《いや》な目に遭《あ》ったユーインは外で飲酒はしなくなった。乾杯《かんぱい》のためにどうしてもというときも、口をつけるふりで凌《しの》いでいるくらいだ。そもそも人の多い場所も好きではないことからも、バーやパブなどは除外していいだろう。

ホテルに部屋を取っている可能性はあるけれど、何も持たずに出ていったため手持ちの金はないはずだ。

クロフォードかウォンの名前を出せば便宜《べんぎ》を図ってくれるところもあるだろうけれど、ユーインはそういう手法は好まない。過分な後ろ盾《だて》があることに、引け目を感じているのだ。

「くそっ」

彼のことを一番よくわかっているのは、自分だと自負していた。なのに、こんな大事なときに何もわからない。

こうなったら、可能性のある場所を片《かた》っ端《ぱし》から虱潰《しらみつぶ》しに当たっていくしかない。とりあえず、考えるよりも先に行動すべきだと思い、早足で歩き出す。

別荘の前に停《と》めてあった車があったということは、ユーインは徒歩で移動したはずだ。行き先がわかっているなら車で追いかけるという手もあるが、目的地が定かではない以上、同じ手段で移動したほうが彼を見つけやすいだろう。

私有地を出ると瀟洒《しょうしゃ》な建物が建ち並ぶ地域に出る。この辺りは関係者以外の立ち入りが禁じられた別荘地のため、ハイシーズンでも閑静《かんせい》だ。

時折、家族で遊びに来ている家の子供の笑い声が聞こえることはあっても、観光客でごった返すことはない。

逸《はや》る気持ちを抑えながら、今朝は車で走り抜《ぬ》けた道を歩く。いまは車の気配がないのをいいことに、兄弟と思《おぼ》しき子供たちが車道の真ん中でボールを蹴《け》り合って遊んでいた。上の子は十歳、下の子は五歳といったところだろうか。

「もうサッカーはいいだろ？」

「えー、まだやりたい！　もうちょっとだけだから。ねえ、ボールけってってば」

「さっきもそう云《い》っただろ。今日はもうおしまい！」

どうやら、弟の遊びにつき合わされていたようだ。もっと遊びたいと訴《うった》える姿に、自らの幼い頃のことを思い出す。

弟のロイは、実の兄であるヒューバートよりもユーインに懐《なつ》いていた。

ユーインに気安くスキンシップを取る幼いロイに密《ひそ》かに嫉妬《しっと》したりもしたけれど、いま思い返してみれば理屈《りくつ》っぽい自分より優しいユーインに甘えるのは当然だ。

「おにいちゃん、もっとあそぼうよー」

「ボール遊びは終了《しゅうりょう》。俺は他《ほか》にやりたいことがあるんだよ」

「あ……っ」

兄が強く蹴ったボールは、弟の頭を越《こ》えて飛んでいく。

「俺はもう戻《もど》るからな。ボールはちゃんとしまっておかないと、母さんに怒《おこ》られるぞ」

「やだ、おいてかないで！　まってよぉ…っ」

幼い弟は家に戻っていく兄の背中とどんどん遠ざかっていくボールを見比べたあと、ボールのほうへとたどたどしい足取りで走り出した。

泣きべそをかきながら必死にボールを追いかける姿を、つい見守ってしまう。周囲に大人はおらず、万が一のことを考えると放ってはおけなかった。

リゾート地だからといって気が緩《ゆる》んでいるのかもしれないが、どんな場所でも子供から目を離すのは褒《ほ》められたことではない。

幼い頃は四六時中身の回りを見張っているボディガードたちが鬱陶《うっとう》しかったけれど、いまは彼らに感謝している。

子供が思うより世の中は危険だし、狡猾《こうかつ》な大人もたくさんいるのだ。

男の子がボールを捕《つか》まえられたことにほっとしたのも束《つか》の間、突然《とつぜん》エンジン音が聞こえてきた。場違《ばち》いなほどのスピードで車がこちらに迫《せま》っている。

この道は車二台が並んで走れるほどの広さだが、なだらかなカーブを描《えが》いているため、ドライバーからは男の子の姿が見えないのだろう。

「危ない！」

「？」

注意を促《うなが》すために大きな声を出したけれど、男の子の視界にヒューバートの姿は捉《とら》えられていないようだった。

「早く歩道に上がれ！」

こちらに気づくのを待っていても埒《らち》が明かないと判断し、足をさらに速めて走り出す。

ドライバーは対向車がないだろうと高を括《くく》っているのか、余裕《よゆう》ですれ違《ちが》えると思っているのか、一向にスピードを緩める気配がない。

彼らの間はどんどん距離《きょり》が縮まっている。男の子のほうもまだ車の存在には気がついておらず、ボールを抱《かか》えてとぼとぼと来た道を戻っている。

走っている最中も男の子に何度も呼びかけたけれど、悲しみに浸《ひた》っているせいで周囲の様子に意識が向かないようだ。もう車はすぐそこまで来ていた。

(間に合え……っ)

ヒューバートが、男の子を抱《だ》きかかえたときにはもう車が目の前に来ていた。歯を食い縛《しば》り、男の子を庇《かば》うように背中を向けると同時に、派手な急ブレーキの音が響《ひび》いた。

強い衝撃《しょうげき》を受けて、体が投げ出される。宙に浮《う》いていた時間はほんの一瞬《いっしゅん》だったけれど、アスファルトに叩《たた》きつけられる衝撃に息が止まりかけた。

「……ッ⁉」

撥《は》ね飛ばされた勢いで、ヒューバートの体は地面を転がる。二回転ほどで勢いが弱まり、体が止まった。

起き上がろうとしたけれど、何故《なぜ》か力が入らない。やむなく、そのままの体勢できょとんとしている男の子に呼びかけた。

「痛いところはないか？」

自分の声がだいぶ掠《かす》れていることに驚《おどろ》いた。

「いたいところ……？」

「ああ、肘《ひじ》が擦《す》り剝《む》けてるな。大丈夫《だいじょうぶ》だ、このくらいの怪我《けが》ならすぐ治る。今度から大人のいないところで遊んだりしたらダメだからな」

「……っ、うわあああああん」

しばらくは何が起きたかわかっていなかった男の子は、我に返るなり大声で泣き出した。耳元で聞こえる劈《つんざ》くような泣き声に思わず顔を顰《しか》めたものの、無事だという証拠《しょうこ》だ。

一向にドライバーが降りてこないことに苛立《いらだ》ちを感じながらも、慰《なぐさ》めるために頭を撫《な》でようとした手が何故か動かなかった。

(腕《うで》が折れてるみたいだな)

アドレナリンが出ているせいか腕の痛みはほとんど感じないが、自分のほうは無事とはいかなかったようだ。

自分で思っている以上には怪我の程度は酷《ひど》いのかもしれない。いまは内臓がやられていないことを祈《いの》るしかなかった。

「すぐにお母さんが来てくれるから、そんなに泣くな。男の子だろ？」

「う、うん……」

口を歪《ゆが》めて頷《うなず》く様子に目を細める。大昔の弟に少し似ていて、微笑《ほほえ》ましく思ったのだ。無邪《むじゃ》気《き》で無鉄砲《むてっぽう》で、そのくせ泣き虫だった。

「あっ、頭から血が出てるよ……っ」

「頭……？」

男の子の指摘《してき》に、強く打ったらしい後頭部がズキズキと疼《うず》き出す。腕の中の小さな体を庇うことに必死で、自分の頭部を庇うことができなかった。

どうりでさっきからぼんやりとすると思った。骨折なら骨がくっつくのを待てばいいが、頭の負傷は打ちどころが悪いと思わしくない結果になる可能性もある。

一刻も早く医師に診てもらう必要がありそうだ。だが、ヒューバートを撥ねたドライバーは、こちらの様子を見にくることもなく、車を急発進させ逃げ去った。

「おい、あんた大丈夫か⁉　いま救急車呼んだからな！　しっかりするんだぞ‼」

離《はな》れたところから救急車という単語が聞こえ、安堵《あんど》する。近所の人が事故の音を聞きつけ、様子を見にきてくれたのだろう。

ありがとうございますと返そうとしたけれど、その言葉は音にならなかった。ほっとしたせいで気が緩んだのか、急激に意識が遠ざかっていく。

（そうだ、ユーインに連絡《れんらく》しないと心配する）

そう思いかけ、自分が彼を捜《さが》しに出たことを思い出した。

ふっと別荘《べっそう》を出ていく前の泣きそうな顔が脳裏《のうり》に浮かぶ。いま頃《ごろ》、一人で自分を責めているかと思うと胸が痛んだ。

こんなところで足止めを食っている場合ではないのに、体が云うことを聞かないどころか意識を保っているのも難しかった。

「ユー……イン……」

「おい！　しっかりしろ！　おい！」

返事をしなければと思うのに、どんどん目蓋《まぶた》が落ちていく。その呼びかけに応《こた》えることはできず、ヒューバートはそのままふつりと意識を途切《とぎ》れさせた。

2

気がついたときには、正方形のパネルが並んだ白い天井《てんじょう》を見つめていた。

自分がいま目を覚ましているとわかったのは、無意識にした瞬《まばた》きによって一瞬視界が途切れたからだ。

(ここはどこだ……?)

まず疑問に思ったのは、それだった。

目をぐるりと動かしてみても、天井がずっと続いている。つまり、ずいぶんと広い部屋だということだ。

見覚えのない光景に戸惑《とまど》いながらも、頭を浮かせてぼやけた視界に目を眇《すが》める。

首を動かして、やっと左右の目の端《はし》に映っていたものが点滴《てんてき》台と心電計だということがわかった。自分の体からは管やコードが伸《の》び、それらに繋《つな》がっている。

(……病院?)

部屋の広さや調度品の豪華《ごうか》さから察するに、特別な部屋のようだ。見舞《みま》いの品なのか、豪奢《ごうしゃ》な花が飾《かざ》ってあった。一体、いつここに運ばれてきたのだろうか。

病気になった覚えも怪我をした覚えもないが、いまこうして病院のベッドに寝《ね》かされているということは、どこか具合が悪いということだ。

戸惑いながら視線を彷徨《さまよ》わせると、がっちりとしたギプスに包まれた腕が目に入った。しっかりと固定されているということは、骨が折れたか何かしたのだろう。

この状態になるには、原因となる出来ごとがあったはずだ。知らぬ内に指先を切ってしまっていたなどという些細《ささい》な怪我とはわけが違う。

状況《じょうきょう》を整理しようと自らの記憶《きおく》を探《さぐ》ろうとして、愕然《がくぜん》となった。

（——そもそも、俺は何者なんだ？）

信じられないことに、自分自身の正体がわからない。混乱するというよりも、その事実に呆《ぼう》然《ぜん》とするしかなかった。

名前も歳《とし》も、自分の顔さえ思い出せない。

あるはずのものが、頭の中で行方《ゆくえ》不明になってしまっているのだ。

積み上げてきた経験があることは、感覚的に何となくわかる。だが、具体的なことを思い出そうとすると、目の前に霞《かすみ》がかかったように全《すべ》てがぼやけてしまうのだ。

どうやら、自分はいわゆる『記憶喪失《きおくそうしつ》』というものになってしまっているらしい。

パニックに陥《おちい》ってもおかしくない状況だが、そういった意味では不思議と落ち着いていた。

（まるで他人《ひと》ごとだな）

感覚に薄《うす》い膜《まく》がかかっているような、まさに夢を見ている気分なのだ。自分のことがわからないせいで、まだ自分の問題として受け止められていないのかもしれない。

だが、どんなに衝撃《しょうげき》的な出来ごとだとしても、パニックに陥ったところで解決するわけではない。感情が鈍《にぶ》っているだけなのかもしれないが、いまは冷静でいることを幸いとして受け止めるべきだろう。

とりあえず、こんなふうに考察できているということは、なくした記憶は部分的だということだ。

何もかも忘れてしまっていたとしたら、ここが病院だということもわからなかっただろうし、思い出せない記憶があることにさえ気づけなかっただろう。

無意識に左手でベッドサイドを探ると、指先に何かが当たった。

「？」

何気なく目を向けると、シルバーフレームの眼鏡《めがね》があった。こんなところに置いてあるということは、自分のものなのかもしれない。

試《ため》しにかけてみると、視界がクリアになった。度の強いものではないようだが、自分の視力に合わせてあることは明らかだった。

よく見えるようになった目でもっと状況を把握《はあく》しようと視線を反対側へ巡《めぐ》らせると、窓際《まどぎわ》に佇《たたず》んでいる人物がいた。

（人がいたのか……）

そこにいる気配を感じないほどに息を殺し、物憂《ものう》げな様子で窓の外を見つめている。病室にいるのだから、自分のことを知っている誰《だれ》かに違《ちが》いない。声をかけようとした瞬間《しゅんかん》、その横顔の美しさに思わず息を呑《の》んだ。

「――――」

切れ長の目を縁取《ふちど》る長い睫毛《まつげ》、艶《つや》やかな黒髪《くろかみ》に陶器《とうき》のような滑《なめ》らかな肌《はだ》。襟《えり》から覗《のぞ》く首筋は細く、ぴんと伸びた背中はどこか儚《はかな》げだった。

知らない相手のはずなのに、不思議な既視感《きしかん》を覚える。心なしか、鼓動《こどう》もさっきより速くなっているようだった。

一輪で咲《さ》く百合《ゆり》のような凜《りん》とした佇まいに目が釘《くぎ》づけになりつつも、彼の悲しそうな面持《おもも》ちが気にかかった。

何か不安に思うことがあるのか表情は冴《さ》えず、顔色もあまりよくない。

沈《しず》んだ様子も美しいが、彼には笑顔のほうが似合うはずだ。一体、何が彼をそんなに悲しませているのだろうか。

何故《なぜ》だかわからないが、無性に彼を抱《だ》きしめたくなった。

一人で滅入《めい》る必要などないと彼を慰《なぐさ》められたらと思い、反射的に体を起こす。しかし、ベッドから降りようとしたそのとき、全身に走った痛みで動きが取れなくなってしまった。

「……っ」

「ヒューバート!?」

呻《うめ》き声でこちらの様子に気づいたのか、黒髪の男性が血相を変えてこちらに駆《か》け寄ってきた。

「まだ横になっていて下さい。無理は禁物です！」

「……すまない」

彼は中途半端《ちゅうとはんぱ》な体勢で動けなくなっていた体を支え、ベッドに戻《もど》してくれる。枕《まくら》を背もたれにして、少し体を起こした状態にしてもらう。

「痛いところはありませんか？」

「大丈夫《だいじょうぶ》だ、ありがとう」

少なくともこの彼は自分よりも事情に明るそうだ。そう思い、一つ目の疑問を口にする。

「俺はどうしてここに……？」

「覚えていないんですか？　あなたは小さな男の子を庇《かば》って交通事故に遭《あ》ったんです」

「交通事故――」

予想したとおり、この腕《うで》の怪我《けが》は事故によるものだったようだ。体のあちこちが痛むのは、打ち身のせいだろう。

自分の記憶が飛んでいるのも、その事故が原因なのかもしれない。心なしか後頭部にも鈍痛《どんつう》を感じる。

「幸い命に関《かか》わるような怪我ではありませんでしたが、当分の間は安静が必要だそうです。男の子も無事なので安心して下さい」

「……そうか」

「でも、よかった。三日も目を覚まさないから、本当に心配したんですよ」

「……！」

ようやく見られた笑顔《えがお》だったけれど、彼の眦《まなじり》から涙《なみだ》が伝い落ちていた。その表情にぎゅっと胸が締《し》めつけられる。

無意識に怪我をしていないほうの腕を伸ばし、彼を抱きしめていた。

「!?」

「泣くな」

「……っ」

想像した以上に薄い体に驚《おどろ》きながらも、すんなりと腕の中に収まった彼の髪に顔を埋《うず》める。どこか懐《なつ》かしさを感じる甘い香《かお》りが鼻《び》腔《こう》を擽《くすぐ》る。こうやって彼を抱きしめていると、無性に安心する。

目を覚ましてから、初めて覚える確かな感覚だった。こうして触《ふ》れていると、薄いシャツの下の素《す》肌《はだ》から体温が伝わってくる。

ずっとこうして抱いていたい。そんな思考に沈みかけていた自分を呼び戻したのは、胸元《むなもと》から聞こえてきた戸惑い混じりの声だった。

「あ、あの、ヒューバート？　お医者さまがいらっしゃるかもしれませんので、そろそろ離《はな》してもらえますか……？」

「ああ、すまない」

顔を上げた彼の頬《ほお》が、微《かす》かに赤らんでいるように見えた。衝動《しょうどう》的な行動だったとは云《い》え、見知らぬ相手にすることではなかったと反省した。

いまはすべきことが他《ほか》にある。彼の様子にばかり気を取られていたけれど、自分自身にも大きな問題があったことを思い出した。

「ところで、もういくつか訊《き》きたいことがあるんだが少しいいか？」

「何ですか？」

「その『ヒューバート』というのは、俺のことなのか？」

「……はい？」

彼はきょとんとした様子で、何度か目を瞬《しばた》いた。

質問の意図がわかりにくかったのかもしれない。はっきり云って間の抜《ぬ》けた質問だと自分でも思う。だが、どう訊《たず》ねるのが最適なのか、いまの自分には判断がつかなかった。

「要領を得なくてすまない。自分でも上手《うま》く説明ができないんだが、自分が誰なのかわからないんだ。もしかしたら、事故の後遺症《こういしょう》なのかもしれないな」

「誰って……質《たち》の悪い冗談《じょうだん》はやめて下さい、ヒューバート。もしかしてまだ怒《おこ》ってるんですか？」

彼は不安げに顔を覗き込んでくる。俄《にわか》に信じられないのは理解できる。自分自身でも現実味を感じられないのだから、いきなりそんな突拍子《とっぴょうし》もないことを云われて怪《け》訝《げん》に思うのは当然の話だ。

（信憑性《しんぴょうせい》を持たせるために、もう少し危機感を滲《にじ》ませるべきだったか？）

訊ねるにしても、タイミングを考えたほうがよかったかもしれない。

「笑って欲しいわけじゃない。信じがたいかもしれないが、本当にわからないんだ。自分のことも君のこともまったくわからない」

「本当に冗談じゃないんですか？」

「ああ、誓《ちか》って本当だ」

「そんな……」

自分が冗談を云っているわけではないことがわかった彼の顔は、見る見るうちに青ざめていった。

しばらく紙のような顔色で呆然《ぼうぜん》としていたけれど、すぐに我に返った様子でナースコールのボタンを押した。

「い、いま、お医者さまを呼んできますから待ってて下さい！」

「おい、これを押したんだから待っていれば――」

呼び止める間もなく、病室を飛び出していってしまった。

直《じか》に呼びに行くなら、ナースコールの必要はなかったのではないだろうか。彼はずいぶんと気が動転しているようだ。

（……あれが普通《ふつう》の反応なんだろうな）

自分自身のことがわからなくなっているのに、慌《あわ》てもしない自分のほうがおかしいのかもしれない。だが、わからないからこそ現実味が薄《うす》いのだ。

彼を抱きしめた感触《かんしょく》からも、これが夢でないことは自覚している。薄い背中に回した手を見つめ、シャツ越《ご》しに伝わってきた体温を思い出す。

「そういえば、彼の名前を聞きそびれたな……」

さっきの様子からすると、自分と彼とはある程度親しい仲なのだろう。

自分のことを覚えていないことよりも、彼を忘れてしまっていることのほうが、余程《よほど》ショックが大きかった。

「ヒューバート、か」

彼が呼んだ自分の名を、自ら口にしてみる。けれど、何の実感も湧《わ》かなかった。

3

医師の診察《しんさつ》によると典型的な逆行性健忘症《けんぼうしょう》――いわゆる記憶喪失《きおくそうしつ》になっていた。交通事故に遭ったときに頭部に受けた衝撃《しょうげき》が、その引き金だろうとのことだった。

隅々《すみずみ》まで精密検査を受け、様々なテストもこなしたところ、日常生活を送るぶんには支障はないという診断《しんだん》が下された。

文字も読めるし、計算も暗唱も問題なくできる。社会的な常識も残っており、ある程度の社会情勢も把握《はあく》していた。

ただ、自分に関わるあらゆる記憶《きおく》が一切《いっさい》思い出せない。家族も含《ふく》めた周囲の人物のことやこれまで積んできたはずの経験が、まっさらになっている。

(簡単に云えば、思い出を全《すべ》て失ったということだな)

ヒューバートの失われた記憶が戻るかどうかは、医師にもわからないそうだ。

明日、目を覚ましたら全て思い出しているかもしれないし、一生このままかもしれない。体の傷を治しつつ、気長に様子を見ていくしかないと云われた。

一週間の入院で頭部の傷や全身の打ち身はほぼよくなった。右腕の骨折も、あと一週間もすればギプスを外せるだろうとのことだった。

黒髪《くろかみ》の彼――ユーイン・ウォンから聞かされたことは俄には信じがたいものだった。

自分は今年三十四歳になるアメリカ国籍《こくせき》のヒューバート・クロフォードという人物であり、急成長を遂《と》げた〝HUES〟という会社のCEO兼《けん》メジャーリーグの球団ブラックラビッツのオーナーだそうだ。

そんな肩書《かたが》きだけでも驚いたのに、クロフォード・グローバルという大企業《だいきぎょう》の会長の長男だと聞かされたときはさすがに冗談を云われているのかと思ったくらいだ。

家族写真やインターネット上の記事を見せられ、真実だとわかったけれど、実感が湧くことはなかった。

そもそも、自分自身の顔にまだ慣れていない。初めて鏡を見たときの奇妙《きみよう》な感覚は、いまでも頭にこびりつくように残っている。

これは誰《だれ》だ？――それが第一印象だ。

客観的に見て、整っている顔立ちをしていた。プラチナブロンドの髪に透《す》きとおるような碧《みどり》の瞳《ひとみ》。積極的に鍛《きた》えていると思《おぼ》しき引き締まった肉体。

覗《のぞ》き込んでいる鏡の中に映っているのだから、それが間違《まちが》いなく自分の姿だ。頭ではわかっていても、それが自分であるという実感は得られなかった。

記憶力自体は悪くないらしく、自分に関する情報はデータとして覚え込んだ。だが、それは知識として刻んだのであって、思い出したわけではない。

まるで、物語の登場人物の設定を暗記しているような、不思議な感覚だった。

「ここは？」

病院をあとにし、ユーインの運転で向かったのは、海辺にある屋敷《やしき》だった。緑豊かな庭の向こうには、白い砂浜《すなはま》が広がっている。

退院することになったのは、入院しているよりも日常に身を置いていたほうが記憶を思い出すきっかけを得やすいだろうという医師の判断によるものだ。

もちろん、退院後も当面は安静にしているよう云い含められたけれど、あの息苦しい空間から逃《のが》れられることにはほっとした。

毎日欠かさず行われていた病院の理事長と院長の回診《かいしん》という名のご機嫌伺《きげんうかが》いに、辟易《へきえき》していたのだ。実際に診察をするのは現役と思しき若手の医師なのだが、その前に必ず院長たちの演説が入った。

(俺は彼らにとって、余程重要な人間なんだろうな)

自分に恩を売っておけば、何かしらの見返りが期待できるのだろう。

こちらの要望を聞き入れてもらっている以上、無下にもできなかったけれど、正直なところストレスになっていた。

「あなたのお父様の所有する別荘《べっそう》です。子供の頃《ころ》は夏になるたびに訪れていた場所ですが、何か感じることはありますか？」

「あの病室よりは落ち着ける気がするが、思い出せることはないな」

安堵《あんど》できることは確かでも、それが懐《なつ》かしさから来るものなのか、それともただ好ましい空間だからなのかははっきりしない。

自分のテリトリーへ戻《もど》れば、少しずつ思い出していくのではという期待もあった。そのぶん、落胆《らくたん》も小さくない。

そんなヒューバートの落ち込みを察したのか、ユーインは明るく声をかけてくれた。

「まずは体を治すことに専念しましょう。焦《あせ》りは禁物です」

「そうだな。君の云《い》うとおりだ」

「とりあえず、家の中を案内します。一休みしたら、近くを散歩しましょうか」

リビングやキッチン、バルコニーを見て回ってから二階に上がる。

「あなたの部屋はこちらです」

案内された部屋は、カーテンとベッドカバーがスカイブルーで統一され、飾《かざ》り棚《だな》には貝殻《かいがら》の詰《つ》まった瓶《びん》にベースボールのバットやグローブ、ボールなどが並べられていた。

「俺の部屋？　少し子供っぽい部屋だな」

「子供部屋ですから。インテリアはどれも八歳の頃のあなたが選んだんですよ」

「なるほど、子供っぽくて当然だな」

どうやら、自分が幼い頃に過ごしていた部屋らしい。よくよく観察してみると、ベッドサイドにフォトフレームが飾られていた。

色褪《あ》せた写真には三人の子供が写っている。まるで女の子のように可愛《かわい》らしい黒髪《くろかみ》の子は、ユーインの幼い頃だろうとすぐわかった。

彼を挟《はさ》むようによく似た顔の白人の男の子が二人座っていた。きっと、年上に見えるほうが自分なのだろう。鏡で見る自分の顔の面影《おもかげ》が感じられる。

「右があなたで左がロイです。真ん中にいるのが私なのはわかりますか？」

「ああ、目元がいまと同じだ。君はこの頃から可愛かったんだな」

「な、何云ってるんですか」

「すまない、気を悪くしたか？　嫌《いや》な気持ちにさせたなら謝る」

素直な感想を口にしただけだが、成人男性に向かって『可愛い』というのは、褒《ほ》め言葉ではなかったかもしれないと反省する。

「……そういうわけではないんですが」

気まずげにしているユーインの頬《ほお》がうっすらと赤くなっていることに気づき、照れているのだとわかった。そんな様子も可愛いと思ったが、黙《だま》っておくことにした。

第三者がいるところでは有能な秘書の顔をしているくせに、自分と二人きりになると途端《とたん》に隙《すき》ができる。

幼なじみという気安さのせいなのかもしれないが、そのギャップが微笑《ほほえ》ましかった。

（ユーインがいなかったら、いま頃どうなってただろうな……）

最初こそパニックに陥《おちい》っていたユーインだったが、落ち着きを取り戻してからは頼《たの》もしいの一言に尽《つ》きる。

『秘書』としてのユーインは文句なしに有能だった。対外的なことは全て取り仕切ってくれているだけでなく、ヒューバートが求めるものは口にする前に用意されている。

入院中、ユーインは毎日のようにヒューバートの病室に通い、面会時間が終わるまで甲斐甲《かいが》斐《い》しく世話を焼いてくれた。

何もわからない自分のことも、ユーインは何でも知っていた。食べ物の好き嫌《きら》いや服のサイズ、事故で壊《こわ》れた眼鏡《めがね》を直しておいてくれたのも彼だった。

自分たちは五歳の頃、彼の曾祖父《そうそふ》のバースデーパーティで出逢《であ》ってから、家族のようなつき合いをしているのだそうだ。

その後も同じ学校に通い、大学卒業後には共に会社を起《た》ち上げ――それからずっと、ヒューバートの片腕《かたうで》として働いてくれているらしい。

まさに、人生のパートナーと云える存在のようだ。

ユーインが当たり前のように自分の世話を焼いてくれることに些《いささ》か甘えすぎな気もするが、彼がいてくれて本当に助かった。

いまの現状に現実味が湧《わ》かないとは云え、不安がないわけではない。それでも、彼がいてくれるだけで心強かった。

「着替《きが》えはこのクローゼットに入ってます。シャワールームはその扉《とびら》の先にありますが、バスタブを使いたい場合は廊下《ろうか》の突《つ》きあたりにありますので、そちらを利用して下さい」

「わかった」

クローゼットを開けてみると、数着の服の他《ほか》に大きめのスーツケースが収められていた。どれも見覚えのないものだが、きっと自分のものなのだろう。

「他にわからないことや困ったことがあったらおっしゃって下さい。私は向かいの部屋を使わせていただいていますので」

「君には世話をかけるな」

「いいえ、あなたのサポートが私の役目ですから」

ヒューバートが記憶喪失《きおくそうしつ》になったということが判明してからは、箝口令《かんこうれい》が敷《し》かれ、病室に出入りするスタッフも厳選された。

会社のトップが進退に関《かか》わるような状態にあると知られたら株価に影響《えいきょう》するだけでなく、ライバル社に攻勢《こうせい》をかけられる隙をも生んでしまうからだ。

事故に遭《あ》ったことまでは隠《かく》しきれなかったため、身内以外に対しては軽傷だったということにしてあるらしい。

会社関係者からの見舞《みま》いの打診《だしん》もあったようだが、休暇中《きゅうか》ということを理由に全《すべ》てシャットアウトしたそうだ。そういった意味では、記憶喪失は最悪のアクシデントだが、長期休暇を取っていたのは不幸中の幸いと云えるだろう。

この期間に、ユーインの他に病室に訪ねてきたのは家族だけだ。父親だというウィルと現在の妻である玲子《れいこ》、そして母親違《ちが》いの弟のアレックス。

メジャーリーガーだというもう一人の弟は、シーズン中ということでインターネット回線を通した対面となった。ちなみに、産みの母とはもう長いこと会っていないらしい。

彼らの様子から、自分と親しい間柄《あいだがら》であることは伝わってはきたけれど、なくした記憶が刺《し》激《げき》されることはなかった。

「ご報告が遅《おく》れましたが、逃《に》げていた犯人は見つかりました」

「犯人？」

「あなたを撥《は》ねた車のドライバーです。出国しようとしたところを逮捕《たいほ》されたそうです」

自分のことや目の前のことで手一杯《いっぱい》で、事故のことは頭の隅《すみ》に追いやられていた。

少し前に聞いた話では、ヒューバートを撥ねた車のドライバーは救助活動もせずにその場から逃げたのだと云っていた。

近隣《きんりん》の住人の目撃《もくげき》情報や防犯カメラの映像から車種が絞《しぼ》り込めたということだったが、国外に逃げられる前に確保されたようだ。

「そうか。俺が庇《かば》ったという少年の様子はどうだ？」

「擦《す》り傷だけでしたので、もう綺麗《きれい》に治ったと云っていました。病院へのお見舞いは念のため断っていましたが、今後はどうしましょうか？」

「元気な様子なら顔を見ておきたい」

「でしたら、折を見てお茶にお誘《さそ》いしましょうか？　外で席を設けるより気楽にお会いできるのでは」

「そうだな。しかし、そうなると招く準備が必要になるな。菓子《かし》でも用意すればいいのか？」

ただ顔を合わせるだけでは、少年には気詰《きづ》まりな席になりかねない。

「私が腕を振《ふ》るわせていただきますのでご心配なく。怪我《けが》人のあなたを働かせようとは思っていません」

「料理ができるのか？」

「云っていませんでしたか？　入院中にあなたに差し入れていたものは、どれも私が作っていたんですよ」

「そうだったのか」

病院の食事は妙《みょう》に豪華《ごうか》ではあったけれど、味つけの濃《こ》さがあまり口に合わなかった。だからと云って、好き嫌いを云うのも大人げない。

栄養補給のためにとやむなく食べていたのだが、ヒューバートが不満に思っていることを察したユーインがサンドイッチなどを差し入れてくれていた。

どれも店先に並んでいてもおかしくはない出来だったため、彼の手作りだとは思わなかった。

「君は何でもできるんだな」

「料理は趣味《しゅみ》なので。それにあなたはよく食べてくれるから、作り甲斐があるんです」

「もしかして、普段《ふだん》から君に食べさせてもらっているのか？」

「……あなたの体調管理も私の仕事ですから」

「記憶を失う前の『俺』は相当手のかかるやつだったんだな。オフでも一緒《いっしょ》だなんて、息が詰まったりしなかったか？」

ユーインの有能さに舌を巻きつつも、自らの面倒《めんどう》くささにも呆《あき》れてしまう。

「そんなふうに思ったことはありません。前を向いて走るあなたのサポートが私のすべきことだというだけで、ただの役割分担ですよ」

「そういうものか？」

「そういうものです」

ユーイン本人がそう云《い》いきるなら、それは事実なのだろう。余程《よほど》、世話焼きな性格をしているようだ。

「そういえば、休暇には二人だけで来たのか？」

「え？　ええ、そうですけど……」

「なら、本当に君とは親しい仲だったんだな」

気を遣《つか》うような相手なら、こんなふうに一緒に過ごすことはないだろう。ヒューバートの言葉に、ユーインは曖昧《あいまい》に笑う。

「まあ、幼なじみですから……」

幼なじみや腐《くさ》れ縁《えん》でも、ここまで親身になって面倒を見てくれる人間はそうはいないだろう。心優しい親友に感謝する。

「君がいてくれて本当によかったよ。ありがとう」

「わ、私はとくに大したことは……」

感謝を述べると、ユーインは赤くなり謙遜《けんそん》する。本当に控《ひか》えめな性格をしている。恥《は》じ入る様子も好ましい。

「あ、あの、私の顔に何かついてますか？」

「いや、そういうわけではないが、つい見蕩《みと》れてた」

「……っ、何をおっしゃってるんですか……」

無意識に見つめてしまっていた理由を告げると、ユーインはますます気恥ずかしそうに顔を俯《うつむ》かせる。

頰《ほお》を赤く染め、目を伏《ふ》せた様子はいつもにも増して色っぽい。男性に対して抱《いだ》く感想としてはおかしいかもしれないが、事実なのだから仕方がない。

「病室で初めて君のことを見たときも目を奪《うば》われた。自分のことよりも、君のことを思い出せないほうが悔《くや》しい」

正直なところ、自分自身の正体よりユーインのことが気になっていた。理由はわからないが、彼を見ていると不思議な気持ちになる。

懐《なつ》かしさに似た切なさに胸が締《し》めつけられるのだ。これは彼と過ごしてきた時間が長いせいかもしれない。

「な、何云ってるんですか」

「もっと、君のことを教えてくれ」

「私のことですか？」

「ああ、そうだ。ずっと気になっていることがあるんだが……君はいつもそんなふうな言葉遣いなのか？」

幼なじみだというわりに、やや堅《かた》苦しい喋《しゃべ》り方なのが気になっていた。自分に対しては幾分《いくぶん》柔《やわ》らかい口調になるけれど、基本的に誰《だれ》に対しても丁寧《ていねい》だ。

「あ、すみません。もしかして、不快でしたか？」

「そんなことはない。君らしくて好ましいと思うが、気を遣っているようなら無理はしないで欲しいんだ」

「子供の頃《ころ》からの癖《くせ》なんです。こういう話し方のほうが性《しょう》に合っているというか……。人見知りの気があったので、そのせいもあるかもしれません」

ユーインは常に背筋を正したような性格だ。そんな真面目《まじめ》さが現れているのだろう。

「なるほど」

「私のことより、まずはご自分のことでしょう？」

自分の話をするのは苦手なようで、すぐに話題を変えようとしてくる。それでも、ヒューバートは食い下がる。

「なら、二人の思い出が聞きたい。この別荘《べっそう》でも一緒に過ごしていたんだろう？　この写真を撮《と》ったときの話を聞かせてくれ」

「じゃあ、お茶をしながらお話ししましょうか。マフィンを焼いてあるので、今日はコーヒーを淹《い》れますね」

「それは俺の好物なのか？」

「食べたらわかりますよ」

そう云って、ユーインは小さく笑った。花が綻《ほころ》んだようなふわりとした笑顔《えがお》に目を奪われる。

「――――」

無意識に伸《の》びかけた手を途中《とちゅう》で握《にぎ》り締める。知らずと鼓動《こどう》が速くなっていた。

入院している間も、甲斐甲斐《かいがい》しく世話を焼いてくれるユーインに何度も触《ふ》れそうになってしまう自分がいる。

そのたびに我に返って思い止《とど》まっているのだが、戸惑《とまど》いは隠《かく》せなかった。

（この気持ちは何なんだ……？）

目を覚ましたときから、怪我とは別に不思議な胸《むな》苦しさを感じている。

心臓を握り込まれているかのような不可解な感覚。検査の結果、臓器には何の異常も見つからなかったことを考えると、心因性のものなのだろう。

覚えていなくても事故のトラウマがストレスになっているのだろうと医師は云っていたが、本当にそうなのだろうか。

「……っ」

答えの出ない思考に沈《しず》みかけていたけれど、来客を知らせるブザーの音に我に返った。間を置かず、すぐに二度目が鳴らされる。

「来客の予定でもあったのか？」

「いえ、そういう予定はありませんでしたが……」

急な来客に、ユーインも戸惑っているようだった。

「退院のことは誰にも伝えてなかったよな？」

家族にだけは一報を入れていたけれど、彼らはすでに地元へと戻《もど》っている。退院の詳細《しょうさい》な時間までは病院の人間以外が知り得ることはないはずだ。

「はい。もしかしたら、病院側から漏《も》れたのかもしれません。箝口令《かんこうれい》を敷《し》いたと云っても、スタッフは大勢いますし」

「確かにな」

「とりあえず、確認してきます」

そう云って廊下《ろうか》に出たユーインを追いかけると、そこでも困った顔をしていた。彼が見ている応答用のモニターを、ヒューバートも覗《のぞ》き込む。

大ぶりの帽子《ぼうし》を被《かぶ》った女性が、薔薇《ばら》の花束を抱《かか》えて立っていた。

（この顔は……）

入院中の退屈《たいくつ》な時間を人間関係の『予習』に当てて暗記したばかりの人物リストを思い返す。

確か、取り引きのある銀行、フィフストラスト・バンクのオーナーの令嬢《れいじょう》だったはずだ。名前はジュリアといっただろうか。

オーナーであるサミュエル・アンダーソンとは懇意《こんい》にしているらしいが、彼女とは数回パーティなどで顔を合わせた程度の間柄《あいだがら》だと教えられた。

予習をした甲斐があったようだ。

「彼女は取り引き先の令嬢だろう？　見舞《みま》いに来るほど親しい間柄だったのか？」

「いえ、まだそこまでは」

「『まだ』？」

ユーインのはっきりしない物云いが気にかかり、鸚鵡《おうむ》返しに問いかける。

「お父様のサミュエルさまとは懇意にされていますが、ジュリアさまとはあまり接点がありませんでした。数度パーティでご挨拶《あいさつ》したくらいでしょうか」

彼の言葉が事実なら、友人とも云《い》いがたい間柄ということになる。しかし、そんな人物がわざわざこんな場所にまで訪ねてくる理由がわからなかった。

「どうして、この別荘のことを知っているんだ？　俺たちの所在は関係者以外には伝えていないんだろう？」

「どこかから漏れたようです。我々が到着《とうちゃく》したその日に、一度ゆっくりお話をしたいと電話で食事のお誘《さそ》いをいただきました。サミュエルさまとジュリアさまも、ちょうどこちらにいらしていたとのことで……」

「その誘いはどうしたんだ？」

「……都合がつかず、お断りしていました」

「なるほどな」

歯切れの悪いユーインの説明で察しがついた。露骨《ろこつ》に表現すれば、粉をかけられている最中だということなのだろう。

ヒューバートの肩書《かたが》きだけを見たら、引く手数多《あまた》だろう。この面倒《めんどう》な性格を知らなければ、優良物件に思えるはずだ。

皮肉にも記憶《きおく》を失っているからこそ、自分自身を客観的に判断できる。

（そういえば、俺に恋人《こいびと》はいないのか？）

もし、いるのだとしたら、とっくに連絡《れんらく》が来ているだろうし、ユーインだって教えてくれているはずだ。そもそも、南の島へ友人と遊びに来ているということは、色っぽい話は縁遠《えんどお》いということだろう。

「どうしましょうか？」

「いまの状態で会うのは難しいな。かと云って、居留守を使うのはまずいだろうし……」

個人的なつき合いがない相手とは云え、メインバンクの関係者に記憶喪失《そうしつ》のことを知られるわけにはいかないだろう。

「そうですね、車もあるので在宅していることには気づかれているでしょうし。一先《ひとま》ず、今回は私一人で応対します」

「すまない、頼《たの》めるか？」

通常時ならともかく、現在、ヒューバートには記憶がない。下手な対応をして、記憶喪失の事実がバレてしまうのはまずいことくらいは、いまの自分にも判断できる。

「あなたは部屋で休んでいて下さい」

ユーインはヒューバートの腕《うで》をそっと撫《な》で、階段を下りていった。休んでいろと云われたけれど、素知らぬ顔をしてはいられない。

念のため、一階の様子が窺《うかが》える位置で待機しておくことにした。

「これはジュリアさま。お待たせしてしまって申し訳ありません。あの、今日はどういったご用件で……？」

「ヒューバートさまが退院したと聞いて、いてもたってもいられなくて。どちらの部屋にいらっしゃるのかしら。案内して下さる？」

ジュリアは当たり前のように押し入ろうとしている。自らが招かれざる客だとは気づいてもいなかった。

「本当に申し訳ありません。お気持ちはありがたいのですが、今日のところはご遠慮《えんりょ》願えませんか？　ヒューバートはまだ本調子ではありませんので、よろしければ後日改めて……」

「せっかく来てあげたのに、私を追い返そうって云うの？　あなたじゃ話にならないわ。ヒューバートさまも、私の顔を見れば元気になられるはずよ」

聞こえてきた居丈高《いたけだか》な口調に、ヒューバートは眉《まゆ》を顰《ひそ》めた。

「しかし、先ほどお休みになられたばかりですし——」

「でしたら、お顔を拝見していきますわ。目が覚めたときに綺麗《きれい》な花があれば、ヒューバートさまの心の慰《なぐさ》めになるでしょう？」

「で、ですが……」

彼女の強引さにユーインが困り果てている。

親しくはなくても、ビジネスの関係者なら彼の立ち位置は知っているはずだ。それなのに、彼の人間性をまるで尊重していない態度が鼻についた。

(何であんなに態度がデカいんだ?)

いまの自分では助けにならないかもしれないが、ユーインを放ってもおけなかった。

頭の中で彼女のデータを復習《さら》いながら、階段を下りていく。二人がこちらに気づくと同時に、作り笑いを浮《う》かべた。

「ミス・ジュリア。わざわざ足を運んで下さってありがとうございます」

「ヒューバートさま! ヒューバートさまが事故に遭《あ》ったと聞いて、いてもたってもいられなくて……っ」

「……ッ」

ヒューバートが顔を出すと、ジュリアは花束をユーインに押しつけ、こちらに駆《か》け寄ってきた。危《あや》うく彼女に抱《だ》きつかれそうになったのを、一歩下がって回避《かいひ》する。

ユーインが蔑《ないがし》ろにされる様子を不快に思いながら、感情は押し隠《かく》して応対した。

「お気遣《きづか》い感謝します。それにしても、突然《とつぜん》の訪問で驚《おどろ》きました。もしかして、ご連絡をいただいていましたか?」

彼女は顔立ちのはっきりした美人だが、両腕で抱えていた花よりも香水《こうすい》の匂《にお》いのほうがキツいことが気になった。

「いいえ、サプライズプレゼントですわ! ヒューバートさまを驚かせようと思って」

「――」

退院したばかりの人間のところに押しかけることがプレゼントだと本気で思っている様子に目眩《めまい》がしそうになった。

咄嗟《とっさ》に言葉が出なかったのは失態だが、彼女がそれを気にかける様子はなかった。

「お怪我《けが》の具合はいかがですか？　本当にお可哀想《かわいそう》……」

「幸いなことに骨折だけですみました。このギプスも念のためにつけているだけで、大したことはありません」

「でも、腕が使えないのは日常生活でもご不便でしょう？　もしよかったら、私がお世話いたしますわ」

「お気持ちは嬉《うれ》しいですが、ご心配なく。大抵《たいてい》のことは一人でできますし、彼もいますから」

親しげな態度と唐突《とうとつ》な申し出に面食《く》らいながらも、角を立てないようにやんわりと断りを入れる。しかし、ジュリアは意に介《かい》しない。

「彼だと至らないこともあるんじゃないかしら？　細やかな気遣いは女の私のほうが向いてると思いますわ」

一度避《よ》けたにも拘《かか》わらず、ジュリアは尚《なお》も擦《す》り寄ってくる。上目遣いにしなだれかかり、谷間を強調した服装で大きな胸を押しつけてこようとされ、さすがに顔が引き攣《つ》った。

ヒューバートはジュリアの肩を少し強めに押し返し、その体を力尽《ちからず》くで引き離《はな》す。

「今日はお見舞いにいらして下さってありがとうございました。すみませんが、今日は少し疲《つか》

れたので、休ませていただいてもよろしいですか？」

彼女にはある程度はっきり云わないと伝わらないと学び、よろしければお部屋まで――」

「まあ、私ったら気が利《き》かなくてごめんなさい。お父様にもよろしくお伝え下さい」

「本当に今日はありがとうございました。」

感謝の言葉を繰《く》り返し、笑顔で彼女の発言を遮《さえぎ》った。

社交辞令で遠慮して見せれば、真に受けられてしまうのが目に見えている。怪我をしていないほうの手で玄関《げんかん》のドアを開け、エスコートするように外へと促《うなが》した。

「そうだわ、次は父と二人で参りますわ。そのほうが有意義なお話ができるでしょうから」

「ほら、彼が待ち侘《わ》びているようですよ。次のご予定があるのでは？」

別荘《べっそう》の前に停《と》まっていた高級車の横に、運転手が直立不動で立っている。

気候にそぐわない暑苦しそうな制服のせいか、額にはびっしりと汗《あせ》が浮いていた。この日差しではさぞ辛《つら》いだろう。

「そういえば、お友達とのランチの約束があったかしら？」

ジュリアは約束などどうでもいいと云わんばかりの素振《そぶ》りを見せたが、ヒューバートは敢《あ》えてその話題に乗る。

「ご友人づき合いを大事になさってるんですね。私は仕事を優先しがちになってしまう自分を常々反省しているので尊敬します」

「え、ええ！　お友達はかけがえのない存在ですわ」

　ヒューバートの褒《ほ》め言葉で調子が変わる。こう云《い》えば、友人との約束を守らざるを得なくなるだろうと考えての発言だったが、効果は覿面《てきめん》だった。

「ぜひ、お友達と楽しんできて下さい」

「お名残惜《なごりお》しいですけど、今日はこれでお暇《いとま》しますわね。それでは、また」

　笑顔で押しきり、どうにか帰ることを了承《りょうしょう》させた。後ろ髪《がみ》を引かれる様子でジュリアが乗り込んだ車が見えなくなったのを確認し、ヒューバートは強張《こわば》った表情筋を緩《ゆる》めた。

「……ユーイン。いまの対応で問題なかったか？」

「はい、充分《じゅうぶん》です。お疲れさまでした」

「それならよかった」

　ユーインの労《ねぎら》いの言葉に肩《かた》の荷《に》を下ろす。彼女がいなくなった途端《とたん》、どっと疲れが押し寄せてきた。

　話が長引けば長引くほど秘密を知られかねないという危惧《きぐ》もあったけれど、それよりもキツい香水にやられて気分が悪くなりかけていた。

　見舞《みま》いの花は美しいが、香水の匂いと香《かお》りが混じって不協和音を奏《かな》でている。

「それにしても、ずいぶん自分勝手な女性だったな」

　記憶《きおく》がないため、彼女の父親がどんな人物なのかはわからないが、少なくともいまの自分にはあまり好感を持てる相手ではなかった。

彼女からは、自分が拒絶《きょぜつ》されるわけがないという不遜《ふそん》なほどの自信が伝わってきた。自己主張が強いのは美点かもしれないが、押しつけがましいとも云える。

(大手銀行オーナーの令嬢《れいじょう》であれだけの美人なら仕方がないのか?)

あからさまな秋波を快くは感じなかった以上に、ユーインをまるでいないものとして扱《あつか》う態度がとくに気に食わなかった。

だからといって、彼女を邪険《じゃけん》に扱うわけにもいかない。全《すべ》ての状況《じょうきょう》を把握《はあく》していたなら、他《ほか》に方法もあったかもしれないが、さっきの対応が精一杯《せいいっぱい》だった。

感情に任せて、取り返しのつかないことになったとしても、いまの自分には責任の取りようがないからだ。

「一応、お見舞いのお礼のカードは送っておきますか?」

「そうだな、何もしないわけにもいかないだろう。勝手がわからないから頼《たの》んでいいか?」

「もちろんです。会社のほうから出しておきます」

礼儀《れいぎ》は尽《つ》くしておくに越《こ》したことはないだろう。記憶が戻《もど》ったときのためにも、いい加減な行動を取るわけにはいかない。

(……と云っても、ユーインに丸抱《がか》えしてもらってるんだがな)

知識を頭に叩《たた》き込んでいるのは、いつ戻るかわからない記憶に縋《すが》らずにすむようになるためだ。いまのままではユーインの足を引っ張るばかりでしかない。

元通りといかなくても、彼の負担を減らせるようにはなりたいと思う。

「しかし、あの様子だと本当にまた来そうだな」

ジュリアは帰る前、また来るようなことを云っていた。

下手をすると、毎日押しかけられる可能性もある。せっかく退院したというのに、これではゆっくり過ごすこともできやしない。

「そうですね……。アンダーソンさまに控《ひか》えていただくよう申し入れておきますか？」

「それだと君が矢面《やおもて》に立つことになるだろう？」

ヒューバートは思案する。ジュリアの訪問は避《さ》けたいが、表立って断れば角が立つ。自分の言葉だと伝えても、彼女ならユーインに対して不満を抱《いだ》きそうだ。

正面からぶつかれないなら、回避《かいひ》するしかない。勝負ごとではないのだから、逃《に》げるのも一つの手だ。

「――ユーイン。帰ってきたばかりで悪いんだが、しばらくの間、滞在《たいざい》場所を変えられないか？　あの調子で毎日やってこられたら落ち着かなさそうだからな」

「わかりました。この近くにお父様のご友人の別荘がありますので、そちらを借りられないか相談してみます」

「すまないな、面倒《めんどう》ばかりかけて」

何をするにもユーインがいなければ、身の回りのことはほとんどままならないことが心苦しくて仕方ない。いまのままでは、休暇中《きゅうか》に仕事をさせているようなものだ。

独り立ちと云うと語弊《ごへい》があるかもしれないが、一日でも早く、彼の手を煩《わずら》わせずにすむようになりたい。

「いいえ、私こそお役に立てず申し訳ありません。私ではジュリアさまのお相手をするには力不足でした」

「充分よくやってくれてるじゃないか。……まあ、俺が偉《えら》そうに云うことではないが」

ユーインを労《ねぎら》うつもりの言葉だったが、いざ口にしてみたら上から見ているような物云いになってしまった。

「ヒューバートは偉そうにしててくれていいんです。そうじゃないと、私のほうが調子が狂《くる》いますから」

「俺は普段《ふだん》そんなに態度がデカいのか？」

ヒューバートの問いに、ユーインは小さく笑った。

「そうですね。謙虚《けんきょ》ですけど、偉そうでもありますね」

「謙虚で偉そう？　一体どういうことだ？」

怪訝《けげん》な顔をすると、ユーインはイタズラっぽく笑った。

「あ、このお花、リビングに活《い》けてきますね」

「……意味がわからん」

会社の長なら、それなりに堂々とした態度を取っていろということだろうか。首を傾《かし》げながら、リビングへと向かうユーインの背中を見送った。

4

父の友人は、事情を話すと快く別荘《べっそう》を貸してくれた。幼い頃《ころ》から自分たちを可愛《かわい》がってくれていた人らしい。

クロフォード家の別荘には管理人に戻ってもらい、来客への応対などを引き受けてもらった。予想どおりジュリアが何度かやってきたようだが、本当にヒューバートがいないとわかると諦《あきら》めて来なくなったそうだ。

会社のほうに父親のサミュエルからの連絡《れんらく》が来たらしいが、そちらも休みが明けたら折り返すという返事で押し通してもらった。

外部からの接触《せっしょく》を断《た》つことができたため、滞在場所を変えてからはゆっくりと静養することができた。自分のために手を貸してくれた人たちには、感謝の言葉しかない。

そうして体が癒《い》えるのを待ち、腕《うで》のギプスが外れたところでニューヨークの自宅へと戻ることになった。

(自宅と云っても記憶にはない場所だがな……)

国を越える移動に戸惑《とまど》うこともあるかもしれないと思っていたけれど、空港での搭乗《とうじょう》手続きなどは躊躇《ためら》うことなく行えた。

療養《りようよう》中、ただ無為《むい》に過ごしてもいられなかったため、消えた記憶《きおく》を補うための知識を必死に覚え込んだ。

個人的な情報だけでなく、会社の資産状況に基本的な業務内容、自社の成り立ちやいまの立ち位置、そして、従業員や仕事関係者の顔と名前――あらゆることを頭に入れていった。

皮肉なことに、記憶を失っているわりに記憶力は悪くないようだった。ユーイン曰《いわ》く、学生時代から暗記は得意だったらしい。

なくした記憶を新たに覚えていく作業は、自分を上書きしていっているようで複雑ではあったけれど、元の生活へ戻るためには必要なことだと割り切った。

自分の人生も大事だけれど、『ヒューバート』には義務がある。経営者として、会社や従業員への責任を負っている。

記憶が戻らず、本来の業務に戻れない可能性もある。そうなった場合、経営は後任に引き継《つ》ぐことになるだろう。

せめて、それまでは会社の看板に傷をつけないような振《ふ》る舞《ま》いをしなくてはならない。つまり、『ヒューバート』を演じる必要があるということだ。

参考までに休暇に入る前のスケジュールを見せてもらったが、目まぐるしいの一言に尽きた。分刻みで動いていた自分にも感心したが、それを管理しているユーインの有能さにも舌を巻いた。

仕事ぶりは精力的で野心もある策略家——そんな印象だった。父親の仕事を手伝っていた頃は、『経済界の若き獅子《しし》』などという恥《は》ずかしい二つ名もついていたらしい。

(いまの俺は何者なんだろうな)

云《い》うなれば、別人の体に入り込んだ別人格のようなものだ。過去の話を教えられても実感が湧《わ》かず、誰《だれ》かの思い出話を聞いているような気分にしかならなかった。

こちらに到着《とうちゃく》してまず向かったのは、主治医のところだ。五歳ほど年下の彼は、ヒューバートたちの友人でもあるらしい。

改めて検査と診察《しんさつ》を受け、今後の治療《ちりょう》方針を話し合った。記憶喪失《そうしつ》には確実な治療方法はない。原因にも個人差があるため、何が有効なのかも人それぞれなのだという。

目を瞑《つむ》り、彼とカウンセリングルームで交《か》わした会話を思い出す。

『慎重《しんちょう》にならなければいけないのは、強引《ごういん》な誘導《ゆうどう》による記憶の捏造《ねつぞう》だな』

『記憶の捏造？』

『人の脳は想像で作り出した記憶を実際のものだと思い込んでしまうことがある。何が正しい記憶なのか本人にも判断できないわけだからな』

『確かにな』

病院で目を覚ましてから、毎晩のように夢を見ている。それが記憶の残骸《ざんがい》なのか、それともただの夢なのか、ヒューバートには判別のつけようがなかった。

『僕も精一杯《せいいっぱい》のことはするが、専門分野ではないからな。親父《おやじ》の友人に脳の研究をしているドクターがいる。紹介状《しょうかい》を書いておいたから、彼のところにも行ってみるといい』

手渡《わた》された紹介状はジャケットの内ポケットに入っている。

「お疲《つか》れなら、シートを倒《たお》して休まれたらいかがですか?」

「大丈夫《だいじょうぶ》だ。少し考えごとをしていただけだ」

信号で停《と》まっていた車は静かに走り出す。いま乗っているハイブリッド車はヒューバートが所有しているものらしいが、当然のように記憶にはない。

休暇中、点検に預けていたものを検査の間にユーインが取りに行ってくれた。

普段はヒューバート自身がハンドルを握《にぎ》っているようだが、いまの状態ではまだ不安も大きいこともあり、ユーインに運転してもらっている。

交通ルールは概《おおむ》ね理解しているが、自ら運転するにはまだ心許《こころもと》ない。後日、練習をしてみたほうがいいだろう。

「もう少しで着きます。この辺りに見覚えはありますか?」

ユーインの言葉で、視線を窓の外に向ける。街並みは見覚えがあるような気がしたけれど、知っている土地に来たという感覚ではなかった。

普通なら家に帰るとなれば、それなりに安堵《あんど》を覚えてもおかしくはない。だけど、地元に帰ってきた懐《なつ》かしさのようなものは感じられなかった。

「ところどころ見たことはあるような気はするが、映像情報としての知識があるだけかもしれない」
喩《たと》えて云うなら、一度見たことのある映画を見ているような感覚だった。現実感が湧かない
というか、自分がこの街の中に立っているところが想像できなかった。
「そこの日本料理屋が最近のお気に入りで、よく足を運んでいたんですよ」
「そうなのか。まったく覚えがない。地元に戻《もど》れば何かしら思い出すかと思ったんだが、そう
上手《うま》くはいかないようだな」
「焦《あせ》りは禁物だと云ったでしょう？　ゆっくり思い出していけばいいんです」
ヒューバートの声に落胆《らくたん》の色を感じとったのだろう。ユーインの優しい慰《なぐさ》めの言葉はありが
たかったが、焦燥感《しょうそうかん》は消えなかった。
医師が云うには、一生記憶が戻らない可能性もあるとのことだ。
それならそれで受け入れて生きていくしかないと腹を括《くく》っていたつもりだったが、それはた
だ現実を受け止めていなかっただけだったのだろう。
最初のうちは実感が湧いてこなかったけれど、いまになってじわじわとした不安が忍《しの》び寄っ
ていた。
生活をしていくだけなら、このままで不便はないだろう。ただ自分の歴史だけが丸々なくな
っているだけだ。だけど、自分の中が空虚《くうきょ》になっている。そんな感覚は拭《ぬぐ》えなかった。

もう一つの不安は、ユーインのことだ。

果たして、彼はどこまで自分につき合ってくれるだろうか。幼なじみだからと云って、いつまでもヒューバートの面倒《めんどう》を見続けるような義理は彼にはない。

迷惑《めいわく》をかけ続けたいわけではないけれど、ユーインがいなくなったときのことを考えると怖《こわ》くて堪《たま》らなかった。

（俺はどうしたいんだ……）

ユーインの重荷にはなりたくない。だけど、離《はな》したくないという気持ちも強くある。矛盾《むじゅん》した感情を持て余す。

「――もしも、思い出せなかったら？」

言葉にすると重みが増し、ずしりと肩《かた》にのしかかってくる。記憶が戻る気配すら感じられないいま、前向きな未来を考えるのは難しかった。

厳しい状況《じょうきょう》だということは、ユーインだってわかっているだろう。本来の『ヒューバート』が戻らなかった場合、一番負担が来るのは共同経営者である彼のはずだ。

「そのときはそのときです。一から積み上げていくことは大変でしょうけど、あなたなら大丈夫です」

ユーインは晴れやかな笑顔《えがお》でそう云った。その真《ま》っ直《す》ぐさが、いまの自分には眩《まぶ》しかった。

「どうして云いきれる？」

「あなたのことをよく知ってるから、でしょうか？」

「俺は君が知っている『ヒューバート』だとは云いきれないだろう」

元々の性質や性格はあるだろうが、積み重ねた経験が違《ちが》えば人格も違うものになるはずだ。

『自分』はこれまでの思い出がリセットされた上でスタートした。どんなに知識を足したところで、丸きり同じ人間になれるとは思えない。

「……そうですね。私のよく知る『ヒューバート』とは違うのかもしれません。だけど、心は同じでしょう？」

「――心、か」

ユーインに云われた言葉は、すとんと自分の中に入ってきた。

思い出は消えても、この体の中にある『心』は変わっていない。そう考えたら、それこそ心が軽くなった気がした。

このところ、少し考えすぎていたかもしれない。うじうじと考え込んでいる暇《ひま》があるなら、記憶を取り戻す努力をもっとするべきだ。

黙《だま》り込んだヒューバートに困惑《こんわく》したのか、ユーインは戸惑《とまど》いながら訊《き》いてくる。

「あの、どうかしましたか？」

「いや、大丈夫だ。君の言葉で、頭の中がすっきりした」

「え？」

「正直云って、自分のことはよくわからない。よくわからないものは信用もできない。だが、君のことは信頼《しんらい》している」

「あ、ありがとうございます」

様々な感じ方、考え方があるだろうけれど、ユーインが変わっていないと感じているなら、それでいい。

「あとどれくらいで着く？」

「え？　あ、正面に見えている建物がそうです。あの最上階があなたのご自宅です」

「へえ、ずいぶん高そうなアパートだな」

自分の曖昧《あいまい》な知識が正しければ、この辺りはかなりの一等地だ。ニューヨークの街中に建つ高層アパートメントの最上階ともなると、賃貸《ちんたい》でもそれなりの額になるはずだ。

「セキュリティが万全なところを選びました。それと夜景も素敵ですよ」

ユーインは慣れた手つきでハンドルを切り、地下へと入っていく。警備員のチェックを受けたあと、車は駐車場《ちゅうしゃじょう》の一角に滑《なめ》らかに停まる。周りには高級そうな車ばかりが並んでいた。

「お疲れさまでした。それじゃあ、行きましょうか？」

ユーインはボタンを押して、エンジンを切る。そして、運転席を降りると、てきぱきと後部座席から荷物を下ろしている。

ぼんやりしている場合ではないと気づき、ヒューバートも助手席を降りた。

「それは俺が持つ」

「ギプスが外れたばかりの人に無理はさせられません」

「君が全《すべ》て運ぶほど無理ではないと思うがな。他《ほか》の荷物はどうした？」

「さっき、部屋に運んでおきました。全部は運びきれなかったので……」

「そのくらい、俺にやらせればいいだろう。で、部屋に行くにはあのエレベーターに乗ればいいのか？」

ユーインの手から無理矢理ボストンバッグを奪《うば》い取り、すたすたと歩き出す。

「腕《うで》が痛んだらすぐ云《い》って下さいね」

「大丈夫だよ。本当に君は心配性《しんぱいしょう》だな」

心配性と云うより、過保護と云ったほうが正しいかもしれない。まるで、子供から目を離せない母親のようだ。

エレベーターホールの入り口にも、スーツを着たスタッフが一人待機していた。確かに厳重なセキュリティだ。

「おかえりなさいませ、クロフォードさま。ご旅行はいかがでしたか？」

「ありがとう、マック。素晴らしい時間を過ごせたよ」

名札に記された名前をチェックし、話を合わせる。彼の反応を見る限り、怪《あや》しまれてはいないようだ。

エレベーターは全部で五つあった。てきとうにボタンを押そうとしたところ、ユーインにそっと耳打ちされる。

「一番奥のものが最上階専用です」

「そうか」

フロアによって、使い分けられているらしい。ユーインが取り出したカードを翳《かざ》して乗り込んだエレベーターは、音も立てずに一気に上がっていった。

例によって、自宅へ帰るという実感が持てずにいる。だが、実際に足を踏《ふ》み入れれば、記憶《きおく》を刺激《しげき》されるかもしれない。期待と不安に、少し緊張《きんちょう》してきた。

「ここに住み始めてどのくらいだ？」

「もう少しで五年になります」

「俺は一人で住んでるのか？」

「……ええ、一人暮らしです」

答える前の微《かす》かな間が気になったけれど、エレベーターが停《と》まり、会話も途切《とぎ》れてしまった。

エレベーターのドアが開いた先に見えたのは、玄関《げんかん》が一つだけだった。どうやら、このフロアにあるのはヒューバートの自宅だけらしい。

ユーインに鍵《かぎ》を開けてもらい、室内に入る。清掃《せいそう》の行き届いた清潔な空気は、人の住んでいる匂《にお》いがまるでしなかった。

（長いこと空けてたせいもあるかもな）

　白とダークブラウンでまとめられ、シックで落ち着きのある室内だった。柔《やわ》らかな光を放つ間接照明とセンスのいいインテリアがアクセントになっている。

「こんなに広いと掃除《そうじ》が大変そうだな」

「定期的に業者に入ってもらってます」

　別荘《べっそう》のときと同じように、一部屋ずつ案内してもらう。予想していたとおり、どこを見てもぴんと来るものはなかった。

「こちらがバスルームで、その奥の突《つ》きあたりの部屋があなたの書斎《しょさい》です」

「この部屋は？」

「来客用の寝室《しんしつ》です。ご家族が来たときや私もよく使わせていただいています」

　ドアを開けると、セミダブルのベッドが二つ並んでいた。来客用というだけあって、ホテルの一室のような誂《あつら》えになっていた。

　共に休暇《きゅうか》を過ごすくらいの仲なのだから、泊《と》まっていくのは不思議でも何でもないが、『よく使う』と云ったことが少し気になった。

「君の自宅はどこにあるんだ？」

「私の住まいはここの下の階にあります。ただ、朝が早いときは泊めていただいたほうが時間のロスが少なくてすむので甘えさせてもらうこともあります。あなたを起こして食事を作るのも、私の仕事の一つですから」

「俺はそこまで世話を焼いてもらっているのか。むしろ、甘えているのは俺のほうだろう……」

「私が好きでやらせていただいていることですから。それだけの報酬《ほうしゅう》もいただいていますし」

「それは仕事の対価だろう。いい大人を甘やかしすぎだ」

ヒューバートの苦言に、ユーインは苦笑する。

「ジェレミーにもよくそう云われていますが、それで業務がスムーズに行くのなら、私はいくらでも甘やかします。そもそも、あなたは自分に厳しすぎるので私が甘いくらいで充分《じゅうぶん》です」

自分に厳しいと云われても、ぴんと来ない。退院してからは体のために規則正しい生活を送ってはいるけれど、どちらかというとのんびりとした日々だ。

「いまはずいぶん緩《ゆる》い生活を送ってるけどな」

「何云ってるんですか。本当はもっとゆっくり過ごしてもらいたいくらいです。毎日、勉強ばかりしてるじゃないですか」

「そうか？」

何かを学ぶことは苦ではない。むしろ、新たな知識を得られることは楽しい。もしかしたら、教えてくれているユーインが教え上手だからかもしれない。

「やっぱり、自覚はないんですね。――あ、こちらがキッチンです。私が管理させていただいています」

次に案内されたキッチンに並んでいたのは、本格的な調理器具ばかりだった。

オーブンは綺麗《きれい》に手入れされているが、よく使い込まれているのが見て取れた。まさにプロ仕様のキッチンだ。

「こっちはダイニングか？　やけに広いな」

室内を見回しながら、ボストンバッグを床《ゆか》に置く。リビングと繋《つな》がった空間は天井《てんじょう》も高く、ミニコンサートが開けるくらいの広さがあった。

広々としたスペースにゆったりとしたソファセット。壁《かべ》にはホームシアターと云ってもいいほど大きなテレビがかかっていた。

「ホームパーティを催《もよお》すこともありますので、充分なスペースを取ってあります」

天井までの嵌《は》め殺しの窓の向こうは、色鮮《あざ》やかな花々が咲《さ》き乱れた屋外のスペースに繋がっていた。ベランダというよりも、庭園といったほうが正しい光景だ。

ヒューバートの自宅は、どこもかしこも贅沢《ぜいたく》な造りをしていた。

「その部屋は？」

「あなたの寝室です。トランクを運んでおきました」

「へえ、ずいぶんデカいベッドだな」

リビングの先にある扉《とびら》を開けると、部屋の真ん中にキングサイズのベッドが置かれていた。

一人で寝《ね》るには広すぎるほどの大きさだ。ヒューバートが三人横になっても充分な広さがある。

「ゆっくりと眠《ねむ》れるものをとおっしゃって購入《こうにゅう》なさっていました」

「これだけ広ければどんなに寝相《ねぞう》が悪くても心配なさそうだな」

寝室の窓もリビングと同じく、床から天井までの大きなものだった。お陰《かげ》で外の様子がよく見渡《わた》せる。夜明けには朝陽が綺麗に差し込むに違《ちが》いない。

併設《へいせつ》されたウォークインクローゼットの中は、まだスペースに余裕《よゆう》があるようだった。

（……というより、これも一人で使うには広すぎるな）

記憶が戻《もど》ったわけではないけれど、妙《みょう》な違和感《いわかん》があった。

「そちらがシャワールームになってます。使い方を説明しましょうか？」

「押したり回したりするだけだろ？　わからなかったらそのときに訊《き》く。ああ、でも今夜は帰るよな」

毎日毎日、保護者のようにヒューバートの傍《そば》にいる。責任感が強いユーインも、さすがに一人になる時間も欲しいだろう。

「あなたさえよければ、しばらくこちらに泊まらせてもらおうと思っています。何かあると心配なので」

「俺はそのほうが助かるが、本当にいいのか？」

彼がいてくれれば力強いが、頼《たよ》り切りになってしまっていることも申し訳ない。

「いまさら遠慮《えんりょ》なんかしてるんですか？　らしくないですよ。私に遠慮なんてしないで下さい。

夕食はどうなさいますか？　外食でも、自宅でも構いませんが」

「今日は外に出る気分じゃないな。けど、自宅で食べるとなると、君の手を煩《わずら》わせることになるよな？　留守にしてたってことは食材を買いに出なきゃいけなくなるだろう？」

「ご心配なく、さっき買い出しに行っておきましたから」

「じゃあ、遠慮なく甘えさせてもらうとするか」

彼の抜《ぬ》かりのなさには感心するしかない。常に自分で考えるよりも先に、欲しいものを目の前に用意されている。

「夕食の前に軽く何かつまみますか？」

「いや、それより、キッチンの使い方を教えてくれるか？　コーヒーくらい、自分で淹《い》れられるようになりたいからな」

「わかりました。では、こちらにいらして下さい」

二人でキッチンへと移動する。

「コーヒーを淹れるのは、あなたのほうが上手《うま》いんですよ。豆にもこだわってて、オリジナルブレンドがあるんです」

「そんなに本格的にやってたのか」

以前の自分の好みは覚えていないけれど、コーヒーの香《かお》りを嗅《か》ぐと気持ちが落ち着くような気がする。

先日、取り寄せて読んだ記憶《きおく》に関する専門書に、香りは記憶を強く刺激《しげき》すると書いてあった。コーヒーを淹れる作業は、記憶を取り戻す手助けになるかもしれない。

「コーヒー用の道具はご自分で揃《そろ》えたものなんですよ。確か、この棚《たな》に……」

ユーインはそう云《い》って、上の戸棚に手を伸《の》ばす。自分の身長なら難なく届くが、彼には少し高い位置のようだ。

彼が取り出そうとしているのは、やや奥にあるコーヒーミルだろう。手前にあるコーヒー豆の袋《ふくろ》が邪魔《じゃま》になっている。

「俺が取ろうか？」

「大丈夫《だいじょうぶ》です、届きましたから――あ……っ!?」

「！」

コーヒーミルのハンドルに引っかかり、コーヒー豆の袋が落ちてきた。咄嗟《とっさ》に腕《うで》を伸ばしてユーインの頭を抱《だ》き込む。

どさどさと頭や腕に袋が当たりはしたけれど、派手な音がしたわりに大した衝撃《しょうげき》はなかった。コーヒーミルが落ちてきていたら危なかった。

「ヒューバート！」

「平気だよ。大袈裟《おおげさ》な音がしただけだ。君でもこういうそそっかしいところがあるんだな」

「す、すみません……」

頼りなげな表情で見上げてくるユーインに突《つ》き動かされるように、思わず彼の体を抱きしめてしまった。

細い腰《こし》や薄《うす》い背中を掻《か》き抱《いだ》き、自分の胸に彼の顔を押しつける。髪《かみ》に鼻先を埋《うず》めて深呼吸をすると、彼の匂《にお》いがした。

同じシャンプーを使っているはずなのに、ユーインからは不思議と甘い香りがする。目覚めたあの日と同じ匂いだ。

「あ、あの……っ」

ユーインの戸《と》惑《まど》った声で我に返る。

「すまない。無意識につい――」

謝りながらユーインを離《はな》したが、何とも云えない名残惜《なごりお》しさを感じる。抱きしめた感触《かんしょく》がやけに馴《な》染《じ》んでいた気がして、体温が残る自分の手をじっと見つめた。

「ヒューバート？」

何なのだろう、この感覚は。何か思い出しそうなのに、胸の辺りに閊《つか》えて上手く出てこない。

ヒントになるものはないかと見回したそのとき、食器棚の奥にマグカップが二つしまわれていることに気がついた。同じ形の色違いだということは、ペアで使われているものだろう。

（どうしてあんな奥にあるんだ？）

パーティ用の食器ならともかく、マグカップなら普《ふ》段《だん》使いのもののはずだ。

ユーインからは自分が一人暮らしなのだと聞いているけれど、やけに広いベッドや広すぎるウォークインクローゼット、そして、ペアのマグカップが引っかかる。

改めて考えてみると、インテリアのセンスも、自分のものとは違うような気がした。もしかしたら、誰《だれ》かと共に暮らしていたのではないだろうか。

自分もいい歳《とし》をした大人だ。いまは独り身だとしても、これまでに恋人《こいびと》がいたとしてもおかしくはない。

（別れたばかりだという可能性はあるか……）

ユーインがそのことに関して言及《げんきゅう》しないのは、ヒューバートに気を遣《つか》ってのことだろう。この数週間で、彼が必要以上に気を遣う性格をしていることは把握《はあく》している。

「一つ訊きたいことがある。俺に恋人はいたか？」

「……っ、いきなりどうしたんですか？」

一瞬《いっしゅん》、ユーインの表情がぎくりと強張《こわば》った。こんなふうに動揺《どうよう》を見せたのは、これが初めてだった。

「食器棚の奥にペアのマグカップがしまってあったのが気にかかる。ベッドも無駄《むだ》に大きいしな。俺は本当に一人暮らしなのか？」

「！」

ヒューバートの疑問に、ユーインは微《かす》かに目を泳がせた。すぐに平静を取り戻したようだったけれど、その一瞬の変化で彼が何かを隠《かく》していることを確信した。

もしかしたら、あまりいい記憶ではないのかもしれない。彼が隠しごとをしているとしたら、自分を気遣ってのことに違いない。

「俺に気を遣っているのかもしれないが、真実を教えてくれ。どんなことでも知っておきたいんだ」

そう云って強く迫《せま》ると、ユーインは躊躇《ためら》いがちに口を開いた。

「——しばらく前にお別れしたはずです。詳《くわ》しいことは私にも……」

彼の瞳《ひとみ》が微かに揺《ゆ》れたのが気になった。

「君でも知らないことがあるのか？」

「そういったことに関しては秘密主義でしたので」

表情の変化を探《さぐ》ろうとしたけれど、すでにいつものポーカーフェイスに戻っていた。だけど、彼は確実に何か知っている。語りたくない事情でもあるのだろうか。

「仲のいい女性はいらっしゃいます。いいお話もいただいていますし、あなたならすぐに恋人ができますよ」

ユーインの物云いに、何故《なぜ》か苛立《いらだ》ちを覚えた。

「別に恋人が欲しいわけじゃない。少し気になっただけだ」

「でも、そろそろ身を固めることを真面目《まじめ》に考えてもいい年齢《ねんれい》ですし」

「結婚《けっこん》しろって？　記憶が戻《もど》るかもわからないのにか？」

ヒューバートの反論に、ユーインはしどろもどろになった。この話は彼にとって、あまり触《ふ》れられたくないものだったようだ。

「あ、いえ、そういう意味では……」

恋人の話題を振《ふ》ってから、ユーインの様子はおかしい気がする。必死に押し隠してはいるけれど、やはり動揺が見え隠れしている。

「こ、コーヒーを淹れるんでしたよね。せっかくですし、豆を挽《ひ》くところからやってみましょうか」

「ああ、そうだな」

これ以上の追及《ついきゅう》はしないほうがいいだろうと判断し、話題の転換《てんかん》に乗った。

いまはユーインとの間に見えない壁《かべ》のようなものがあるように感じる。一体、彼は何を警戒《けいかい》しているのだろうか。

恋人と別れたばかりという彼の言葉は、ヒューバートの推理とも当てはまっている。だけど、どうしても違和感《いわかん》が拭《ぬぐ》えなかった。

ユーインが無闇《むやみ》に嘘《うそ》をつくとは思えない。だけど、丸きりの真実とも思えなかった。

（本当に俺は何を忘れてしまっているんだ？）

自分のことよりも、もっと大事なことを忘れているような気がしてならない。

「……ッ」

ズキン、と頭が痛む。もう少しで手が届きそうになった瞬間《しゅんかん》、痛みに邪魔をされた。

「どうかなさいましたか？」

「何でもない。大丈夫だ」

ユーインに心配をかけるわけにはいかない。後を引く痛みを堪《こら》えながら、笑《え》みを返す。しかし、心の内の焦燥感《しょうそうかん》は増すばかりだった。

（ユーイン……？）

気づいたら、すぐ目の前にユーインの顔があった。その表情は恍惚《こうこつ》としており、ヒューバートを見つめる眼差《まなざ》しもとろんとしている。

いつもはきっちりと全《すべ》てのボタンがかかっているシャツは、大胆《だいたん》にも胸元《むなもと》が露《あら》わになっていた。信じられないほど淫靡《いんび》でしどけない姿に、思わず喉《のど》を鳴らす。

「――ヒューバート」

ユーインは両手でヒューバートの顔を包むと、柔《やわ》らかい唇《くちびる》を押しつけてきた。唐突《とうとつ》な行為《こうい》に面食《く》らったものの、甘やかな口づけを拒《こば》めるはずもなかった。

うだった。

「ん、ふっ……」

唇を貪《むさぼ》り合い、舌を絡《から》める。触れ合っている場所だけでなく、頭の中まで溶《と》けていくかのよ

ユーインはただの幼なじみで友人だ。頭ではそうわかっているのに、欲情《よくじょう》を抑《おさ》えきれない。蕩《とろ》けるようなキスに没頭《ぼっとう》し、無意識に抱《だ》き込んでいた体を撫《な》で回す。

「んっ、んん」

生成《きな》りのシャツの前をはだけさせ、剝《む》き出しにした素肌《すはだ》を撫でる。指に吸いつくような肌理《きめ》の細かさが心地《ここち》よく、何度も往復させてしまう。

生地の下に忍《しの》び込ませた手で脇腹《わきばら》や背中を撫でていたときは気持ちのよさそうな吐息《といき》を漏《も》らすだけだったけれど、胸の尖《とが》りを掠《かす》めた瞬間、びくりと体を震《ふる》わせた。

「んっ、ン、んぅ……っ」

感じる場所なのだとわかり、指先で弄《もてあそ》び始めた。丸く撫でているうちに硬《かた》くなってきたそこを少し強めに押し潰《つぶ》す。

痛いくらいの刺激《しげき》が好きなのか、キツく摘《つま》み上げると喉の奥を甘く鳴らした。

「……っあ、やっ」

感じている声が聞きたくて唇を解くと、期待どおりの上擦《うわず》った声が上がった。もっと啼《な》かせたくて、啄《ついば》むような口づけと共に愛撫《あいぶ》を続ける。

自分ばかりが嬲《なぶ》られているのが不満なのか、ユーインは少し拗《す》ねた目をしたあと、すぐに反《はん》撃《げき》に出てきた。

ユーインは慣れた手つきでスラックスの前を寛《くつろ》げると、ヒューバート自身を露わにした。そして、体の位置をずらして欲望《よくぼう》へと顔を寄せる。

その大胆さにぎょっとしたものの、自分の体は心とは違《ちが》う行動を見せた。自身の屹立《きつりつ》に顔を寄せるユーインの髪《かみ》を指で梳《す》き、耳の後ろを撫でている。

(――さすがにやめさせるべきなんじゃないのか?)

これから行われるであろう行為に体は昂《たか》ぶっているけれど、彼を汚《けが》してしまうようで罪悪感を覚えた。胸を痛めながらも、力を漲《みなぎ》らせてしまう自分が恨《うら》めしい。

「……ッ」

控《ひか》えめに触れた舌の感触《かんしょく》に息を呑《の》みつつも、ヒューバートは何故かその行為を当たり前のものとして受け止めていた。

「……ん……」

ユーインはキャンディを味わうかのように、緩《ゆる》く勃《た》ち上がっていた屹立を舐《な》め上げた。熱心に裏側を舐めながら、上目遣いに見つめてくる濡《ぬ》れた瞳にぞくぞくと背筋が震える。

添《そ》えられていた指に根本のほうを扱《しご》かれると、ヒューバートの欲望はぐんと嵩《かさ》を増した。痛いくらい張り詰《つ》めたそれは熱を持ち、力強く脈打っていた。

「……ッ」

じわりと熱いものが滲《にじ》んだ先端《せんたん》を強く吸い上げられ、息を呑む。ユーインは先のほうから口に含《ふく》み、大胆に舌を絡めてくる。

音を立てて舐めしゃぶり、溢《あふ》れ出る体液を啜《すす》る。ユーインの口淫《こういん》は信じられないほど巧《たく》みだった。自分のものが彼の口を犯しているのだと思うだけで、頭の神経が焼き切れてしまいそうなほど興奮した。

やがて、彼は反り返った昂ぶりを口いっぱいに頬張《ほおば》った。唇を窄《すぼ》めて頭を上下させる。擬似《ぎじ》的な抽挿《ちゅうそう》の感覚が堪《たま》らなく気持ちいい。

「く……っ」

ヒューバートは呆気《あっけ》なく限界まで高められ、息を詰めて終わりを迎《むか》えた。

ユーインはヒューバートの放ったものをこともなげに口腔《こうこう》で受け止め、恍惚とした表情で飲み下した。

解放感の裏側にあるのは、云《い》いようのない背徳感だった。濡れた唇を指で拭ってやると、ユーインはその指にも吸いつき、残滓《ざんし》すら舐め取ろうとしてくる。

「もういい」

指ばかり舐められていても、もどかしいだけだ。たったいま熱を爆《は》ぜさせたはずの自身はまだ力を漲らせており、ユーインも瞳を情欲《じょうよく》に潤《うる》ませていた。

欲望のままに、獣《けもの》のように食《く》らいつきたい。しかし、まだヒューバートの中には迷いがあった。

そんな躊躇《ためら》いを知ってか知らずか、ユーインは自ら下衣を脱《ぬ》ぎ去ると、シャツを羽織っただけの姿でヒューバートの腰《こし》を跨《また》いできた。

そして、迷うことなく反り返った昂ぶりを後ろにあてがい、そのままゆっくりと腰を落とす。

「んっ……」

切っ先が強引《ごういん》に入り込む。入り口は固かったけれど、先端を呑み込んでしまえばあとはスムーズだった。

柔らかな内壁《ないへき》を押し開いていきながら、奥まで進入していく。苦しそうな表情だったが、漏れる吐息には甘さが混じっていた。

「う、んん……っ」

熱《いき》り立った昂ぶりを包み込んだ粘膜《ねんまく》は、物欲しげにひくついている。

やがて、屹立をその体に全て呑み込んだユーインは、ゆっくりと体を揺《ゆ》らし始めた。異物に強張《こわば》っていたそこは、やがて馴染《なじ》んで緩んでくる。

肩《かた》を摑《つか》んだ手を支えに腰を浮《う》かせ、また落とす。自ら抜《ぬ》き差しの動作をしようとしているのがわかった。

「あっ……ん……っ」

ぎこちない動きがもどかしかったけれど、積極的に求めてくる様子が堪らなかった。ヒューバートはその期待に応《こた》えるかのように、しっかりと繋《つな》がり合った体を強く突《つ》き上げた。

「や……っ!?」

リズムを崩《くず》されたせいか、ユーインは戸惑《とまど》いの表情を浮かべる。視線を絡み合わせたまま、下から何度も揺すり上げた。

大きく動くと中が擦《こす》れるのが気持ちいいらしく、さらに蕩けた声になる。段々と、彼の好きな場所がわかってきた。

「あっあ、あ」

自分の上で身悶《みもだ》えるユーインを眺《なが》めているのも悪くはなかったが、主導権を握《にぎ》られたままでは情動を持て余すばかりだった。

この体を支配したい。めちゃくちゃにして、泣かせてみたい。——そんな欲望が抑えきれなかった。

(くそ……っ)

微《かす》かに残っていた理性をかなぐり捨てると、体を起こしてユーインを抱き込み、強引に体勢を入れ替《か》えた。波打つシーツに細い体を組み敷《し》き、穿《うが》ったままの屹立《さいおう》で最奥を突く。

「ぁあ……っ!」

仰《の》け反る白い喉は、堪らなく扇情《せんじよう》的だった。

激しく腰を送り込み、快感に震える内壁を荒々《あらあら》しく掻《か》き回した。蕩けたそこは穿つたびにぐちゅぐちゅといやらしい音を立てる。

ただひたすらに追い立て、その体を味わい尽《つ》くす。

「あ、や……っ、あ、ああ……ッ」

ユーインは啜り泣くような嬌声《きょうせい》を上げながら、かぶりを振《ふ》る。その弾《はず》みで眦《まなじり》から一筋涙《なみだ》が伝い落ちた。

「ヒューバート……っ」

自分の名を呼ぶユーインの顔はやけに悲しそうだった。罪悪感で胸が痛む。悲しそうにしている理由を問いたかったけれど、自分の口は動いてくれなかった。

「ぁあっ、あっあ、あ――」

内壁を抉《えぐ》りながら最奥まで捻《ね》じ込むと同時に、欲望を派手に爆ぜさせた。絶頂に震えるユーインの細い腰を押さえつけ、残らず体内に注ぎ込んだ。

解放感に息を吐《は》く。休みなく与《あた》え続けられた快感に疲弊《ひへい》し、ぐったりと横たわっているユーインの髪を撫《な》でた。

ヒューバートに向けられた眼差《まなざ》しは、どこか悲しげだった。

抱きしめようとしたけれど、伸《の》ばした手は空を切った。すぐ近くにいたはずなのにと怪訝《けげん》に思いながら顔を上げると、ユーインは手の届かないところにいた。

「ユーイン？」

「――――」

「ユーイン！」

名前を呼べば呼ぶほど、遠ざかっていく。物云いたげな瞳《ひとみ》を向けてきているけれど、やはり彼は黙《だま》ったままだった。

「……ッ」

ヒューバートは、焦燥感《しょうそうかん》に駆《か》られた気持ちで目を覚ます。

「……何て夢を見てるんだ……」

軽く息を切らせながら、サイドボードに置いた眼鏡《めがね》に手を伸ばす。枕元《まくらもと》の灯りをつけると、室内がほんのりとした橙色《だいだいいろ》に照らされた。

思い返すのも不謹慎《ふきんしん》に思えるほど、夢の中で自分たちは獣のように求め合っていた。汗《あせ》ばんだ肌《はだ》や柔《やわ》らかな唇《くちびる》、甘やかな吐息《といき》――――普段《ふだん》の清廉《せいれん》な佇《たたず》まいからは想像できないくらい大胆《だいたん》で、色っぽかった。

夢だとは思えないくらいの生々しい感触が体のあちこちに残っている。

触《ふ》れ合う肌の熱さや感触、気持ちよさまでリアルに思い出せる。まるで実体験の再現のようだった。

その証拠《しょうこ》に、実際に下半身が反応してしまっている。熱を持ったそれは力強く脈打ち、無視できないほどに自己主張していた。

妄想《もうそう》の中とは云え、ユーインを汚《けが》してしまったことに云いようのない罪悪感を覚える。思い出すだけで彼を貶《おとし》めているようで胸が痛んだけれど、脳裏《のうり》にこびりついた映像が消え去ることはなかった。

実のところ、ユーインの夢を見るのは、これが初めてではなかった。ほぼ毎晩と云っていいほど、彼が夢の中に出てくる。

ただ佇んでいるときもあれば、思わせぶりに見つめてくるときもある。

完全な妄想なのか、失った記憶《きおく》の欠片《かけら》なのかは定かではない。ただ、さっきのような卑猥《ひわい》な内容を見るのは今夜が初めてだった。

「……くそっ」

自然に治まることを期待していたが、放っておいてどうにかなるような状態ではないようだ。

ヒューバートはやむなく下着を押し下げ、自らに手を添《そ》えた。すでに芯《しん》を持って勃《た》ち上がりかけていたそれは、微かな刺激《しげき》に反応して張り詰《つ》める。

ぞんざいに握り込み、上下に擦るだけで、欲《ほっ》していた刺激で快感が生まれる。

できる限り事務的にこなそうとするけれど、頭にユーインの姿が浮かんでくる。ヒューバートの下で気持ちよさそうに喘《あえ》ぎ、啜《すす》り泣く顔が忘れられない。

夢の中で、甘い声が零《こぼ》れる唇をもっと味わっておけばよかったと後悔《こうかい》している自分に呆《あき》れてしまう。

体が求めるままに手を動かし、高みへと駆け上がっていく。快感が増していくに従って、呼吸も荒くなっていく。

——ヒューバート……っ。

自分の名を呼ぶ切なげな声が耳に蘇《よみがえ》る。夢だとわかっていても、あの悲しげな表情が気にかかった。彼はどうしてあんな顔をしていたのだろう。

夢の中のユーインは、ヒューバートに何か云《い》いたそうだった。

しかし、問い詰めたくても、もう現実へと戻《もど》ってきてしまっている。いくら反芻《はんすう》しても、その答えを得ることはできない。

「く……っ」

歯を食い縛《しば》り、絶頂の瞬間《しゅんかん》を迎《むか》えた。頭の中が真っ白になり、昂揚《こうよう》感に包まれる。

だが、それはすぐに消え去り、すぐに虚《むな》しさが訪れた。自分のことがわからないのに、こういうことは難なくできることに呆れるしかなかった。

「……っ」

「何やってるんだ、俺は……」

バスルームに行き、体液で汚《よご》れた手を洗い流す。ふっと見上げると、鏡に映る自分と目が合った。

いい加減見慣れてはきたけれど、他人の顔を見ている気分は未《いま》だに拭《ぬぐ》えない。ただ、いつもとはどこか違《ちが》っていた。

瞳《ひとみ》が熱っぽく潤《うる》んでいるのは、快感の余韻《よいん》のせいだけではないだろう。昂《たか》ぶった感情が溢《あふ》れ出している。

(俺はこんな目で彼を見ていたのか)

目はときに口よりも雄弁《ゆうべん》になる。はっきりと言葉にしなくても、自分の想《おも》いが手に取るようにわかった。

「……俺は彼を愛しているのか」

言葉にした途端《とたん》、胸に込み上げてくるものがあった。

自分自身が彼に対して、特別な好意を抱《いだ》いていることは薄々《うすうす》わかっていた。だが、親友に対しての親愛の情だろうと自分に云い聞かせていた部分がある。

彼は同性で、同僚《どうりょう》で、幼なじみで、家族のような存在だ。そんな相手にあんな劣情《れつじょう》を抱いていたことを認めたくなかったのかもしれない。

この気持ちが記憶を失う前からのものかどうかはわからない。けれど、ずっと感じていた違《い》和感《わかん》はこのせいだったのだと納得《なっとく》する部分もあった。

記憶が戻ったというよりも、体が覚えているということなのかもしれない。

ユーインは、ヒューバートに恋人《こいびと》はいないと云っていた。つまり、彼とはそういう仲ではないということだ。

もしも、以前から彼への好意を抱いていたとしたら、自分はどんな気持ちで傍《そば》にいたのだろう。そして、彼はヒューバートの想いを知っていたのだろうか。

わからないことがもどかしい。鏡の中の自分を縋《すが》るように見つめてしまう。

(お前は何を知ってるんだ?)

心の中で呟《つぶや》いた問いへの答えはなく、彼はただ不安そうな眼差しを返してくるばかりだった。

5

「お待たせしました」

「ありがとう」

ウェイターの手によって運ばれてきたばかりのコーヒーを啜り、一息吐《つ》く。

今日は数日ぶりに出社したユーインと、外で待ち合わせることになった。街を一人で歩くことにも慣れなくてはならないため、練習の一環《いっかん》だ。

待ち合わせ場所はガレットが評判のオープンカフェだ。ここでランチを摂《と》ってから、市内を巡《めぐ》る予定になっている。持参した地図を拡《ひろ》げ、地理を頭に叩《たた》き込む。

以前よく訪《おとず》れていた場所に直《じか》に足を運べば、何か思い出すことができるのではないかという期待を込めて、あちこち回っているけれど、いまのところ、これといった成果は出ていない。

大学生の頃《ころ》、よくホットドッグを買っていた街角や大事な決断をするときに必ず訪れていた水族館、月に一度は通っていた美術館——どこもぴんとくるものはなかった。

(デートみたいで楽しかったけどな)

当初の目的を忘れて、二人で過ごす時間を楽しんでしまった。今日の待ち合わせにも、密《ひそ》かに浮《う》かれている。

ユーインへの気持ちに気づいてから、何度も自問自答した。例えば、ひよこの刷り込みのようなものだという可能性もあるのではないかと考えたのだ。

目覚めてからずっと、ユーインが自分の面倒《めんどう》を見てくれている。そんな相手に好感を抱くのは、当たり前のことだからだ。

だが、その考えはすぐに否定した。感謝や尊敬の情と、恋愛《れんあい》のそれは似ているけれど、本質的には別物だ。ただの好意だけであんな夢を見るはずがない。

いま最優先すべきは記憶を取り戻すことだとわかっている。けれど、自覚してしまった恋《こい》心《ごころ》は膨《ふく》らんでいく一方だった。

もちろん、記憶を取り戻すため、手を尽《つ》くしてはいる。

投薬治療《ちりょう》だけでなく、カウンセリングや催眠療法《さいみんりょうほう》も試《ため》してみてはいるが、いまのところ芳《かんば》しい結果は得られていなかった。

幸いなことに、精神状態は安定している。ユーインが傍にいてくれることが、何よりの精神安定剤《ざい》になっているのだろう。

記憶の回復の目処《めど》が立たないため、一月の予定だった休暇《きゅうか》は延長された。ヒューバートがこの調子では、会社に復帰したところで役には立たないからだ。

時折、会社に出向くことはあるものの、ユーインも休暇を延ばして自分につき添ってくれている。自分たちの不在は、ヒューバートの片腕《かたうで》の一人であるジェレミーを初めとした腹心の部下たちが頑張《がんば》って穴埋《う》めをしてくれているそうだ。

（いい加減、諦《あきら》めたほうがいいのかもな……）

いまはヒューバートの記憶《きおく》が戻ることを前提として生活を送っているが、元に戻る気配すら感じられない以上、現状が続くものと考えて今後の方策を話し合うべきなのかもしれない。

「ヒューバート。お待たせしてしまってすみません」

名前を呼ばれ、思考が浮上《ふじょう》する。

振《ふ》り返ると、ユーインには連れがいた。明るい雰囲気《ふんいき》の大柄《おおがら》の男が、親しげな様子でヒューバートに声をかけてきた。

「よう、ヒューバート。思ったより元気そうで安心したよ」

「ジェレミー、だったよな？」

彼の顔と名前は一致《いっち》しているが、念のため確認する。

「そうか、お前にとっては初対面みたいなものだったな。俺はジェレミー・レイエス。因縁《いんねん》の相手でもあり忠実な部下でもある。以後、よろしくな」

差し出されたジェレミーの手を強く握《にぎ》る。

自分たちの間にあった過去の確執《かくしつ》は、ユーインにも聞いている。彼の取った行動は若気の至りと云うには、行きすぎていたと云える。

だが、彼は自分のしたことを悔《く》やみ、きちんと罪を償《つぐな》ったのだから、あれこれと云う必要はない。

「色々と世話をかけてすまないな」

重要な仕事を任せているということは、それだけ信頼《しんらい》に値する人物だということだろう。

「俺がかけた面倒に比べたら、大したことじゃないだろ」

「それは云《い》えてるな」

ジェレミーの云っているのは、大学生の頃に起こした事件のことだろう。ここは同意しておくべきかと思い頷《うなず》くと、ジェレミーは虚《きょ》を突《つ》かれた顔になったあと、弾《はじ》けるように笑い出した。

「おい、そこは否定しておくところだろ。ユーイン、記憶なんかなくてもヒューバートはヒューバートのままだな」

「でしょう？」

「この調子なら心配ないな。さて、何食おうかな」

ジェレミーは尚《なお》も笑いながらメニューを広げ、思案を始めた。

「ヒューバートはもう注文はすませましたか？」

「いや、まだだ。君が来てから頼《たの》もうと思っていた。コースでいいかと思ったんだが、君はどうする？」

「あ、じゃあ俺もこのランチのコースで」

「飲み物はどうしますか？」

「スパークリングワインって云いたいところだけど、このあと戻《もど》らないとならないからペリエかな」

「わかりました」

それぞれメインを選んで、ウェイターに注文をする。

「で、調子はどうだ？」

「体調は悪くない。ただ、自分のことを思い出せないだけだ」

「記憶喪失《そうしつ》ってどういう感じなんだ？」

「そうだな……俺の場合はところどころが空白になっているような感じだな。一般《いっぱん》的な知識は残っているが、自分との繋《つな》がりを思い出そうとしてもはっきりしない」

そこにあるとわかっているのに、濃《こ》い霧《きり》で覆《おお》い隠《かく》されてしまっている。そんな印象だ。

「何だか居心地《いごこち》が悪そうだな。俺のことも全然覚えてないんだろう？」

「ああ。ユーインから教えてもらったことを知ってはいるがな。君からも『俺』の話を聞かせて欲しい。よろしく頼む」

「丁寧《ていねい》に頼まれると俺のほうが落ち着かないな。もっと偉《えら》そうにしててくれないか？」

「……そんなに俺は偉そうなのか」

ジェレミーにも、ユーインと同じことを云われてしまった。自分はどれほど尊大な人間だったのだろう。

「あの、ジェレミー、会社の報告をしていただけますか？」

「ああ、そうだな。いまは何とかやってるよ。お前がいるのといないのとじゃ、士気が違《ちが》うけどな。早く戻ってきてくれよな……って、悪い、また無神経なこと云って」

「俺も早く戻りたいと思ってはいるが、最悪、記憶は戻らない可能性もあると覚悟《かくご》している」

「ヒューバート……!?」

ヒューバートの後ろ向きとも取れる発言にユーインもジェレミーも、表情を強張《こわば》らせた。

「そうなったときのために、いま一から学び直している最中だ。もちろん、元のとおりに思い出せば無駄《むだ》になるかもしれないが、保険はかけておくに越《こ》したことはないだろう」

何もかも思い出せるなら、それに越したことはない。だが、何もかもが思いどおりになるわけではない。どちらかと云えば、ままならないことのほうが多いだろう。

「……そうだな。お前ならどんな状況《じょうきょう》でも大丈夫《だいじょうぶ》だろ。何があっても、俺たち二人がついてるからな」

ジェレミーの嫌《いや》みのない明るさは、一緒《いっしょ》にいて気持ちがいい。この快活さは、彼が元々持っていた本質なのだろう。

被害者《ひがいしゃ》である自分たちが、大それた事件を起こした彼の社会復帰のサポートをしたのは、友情を感じていたからだと聞いている。こうして彼の人柄《ひとがら》に触《ふ》れると、その気持ちがよく理解できた。

「頼《たよ》りにしてるよ」

「任せとけ。あ、そうだ、ユーイン。例のスケジュール漏洩《ろうえい》の件、最終報告はまだしてなかったよな」

「はい、よろしくお願いします」

「漏洩？　何の話だ？」

「社内でトップシークレット扱《あつか》いだったお前らの休暇の予定が、外にダダ漏《も》れだったんだよ。結果から先に云うと、秘書課の新人が同僚《どうりょう》から耳に挟《はさ》んだ話をナンパしてきた男に漏らしたのが元凶《げんきょう》だった。まったく、彼女の浅はかさに呆《あき》れたよ。お前の秘書をしてるって見栄《みえ》を張りたかったらしい」

「それで、その男は何者なんですか？」

「調査会社の調査員のようだ。ずいぶんなイケメンらしくて、女をたらしこんで情報を聞き出すのが常套《じょうとう》手段らしい。フィフストラスト・バンクのアンダーソンの依頼《いらい》で、ヒューバートの身辺を調べていたところまでは摑《つか》んだ」

「そんなことしてたのか……」

ジュリアが交通事故のことや退院の日取りを知っていたのは、ヒューバートの身辺にアンテナを張っていたからだったのだろう。

「アンダーソンが以前から情報通で通ってたことも考えると、さもありなんってところだな。

新人に関しては、試用期間ってこともあったし異動を命じておいた。口が軽くても問題ない仕事をしてもらったほうがお互《たが》い幸せだろうしな」

「そうですね。その対応で問題ないと思います」

「ユーインの緊急連絡《きんきゅうれんらく》先が漏れてた件に関しては、目星はついてる。けど、尻尾《しっぽ》を出さねーんだよな。今回は業務に関わる情報ってわけじゃなかったし、しばらく様子見しとこうと思ってるんだけど手緩《ぬる》いか？」

「いえ、今回はそれで充分《じゅうぶん》だと思います。情報管理の見直しは始めていますし、今後に活《い》かせばいいことです。――ただ、次はありませんけどね」

穏《おだ》やかな口調だったが、冷ややかさがあった。もしかしたら、いまここにいる三人の中で怒《おこ》らせると一番怖《こわ》いのはユーインなのかもしれない。

「お待たせしました。前菜とスープになります」

注文の品が運ばれてきたため、会話が途切《とぎ》れる。一気にテーブルの上が賑《にぎ》やかになった。三つのグラスに、それぞれペリエが注がれる。

「とりあえず、飯にするか。残りの報告はまたあとでな。今日は朝飯抜《ぬ》いてきたから腹減ってさ」

「そうですね。いただきましょうか」

「あ、云い忘れてたな。おかえり、ヒューバート」

ジェレミーがペリエの入ったグラスを掲《かか》げる。ヒューバートもグラスを手に取り、カチリと縁《ふち》を合わせた。


ランチを終え、ジェレミーと別れたあとに立ち寄ったのは緑豊かな公園だ。木々の枝の間から差す木漏れ日や噴水《ふんすい》の水音。それぞれが静かにここの空気を楽しんでいる。

「気持ちのいい場所だな」

「ええ。早朝によく走りに来ていましたよ」

「だろうな。朝の空気はもっと気持ちがよさそうだ。君も一緒に走ってるのか？」

「何度かおつき合いしましたが、スタミナが違うのでいまは遠慮《えんりょ》させてもらってます。ヒューバート、お腹《なか》に余裕《よゆう》があるようでしたら、あれ食べませんか？」

ユーインはアイスクリームの移動販売《はんばい》車を指差して云った。

「アイス好きなのか？」

ユーインからの意外な誘《さそ》いに驚《おどろ》いた。

「アイスクリームが嫌《きら》いな人なんてほとんどいないんじゃないですか？　仕事の合間、たまに二人で食べに来てたんですよ。ここなら誰《だれ》にも見つからないので、のんびりできるんです」

「サボりに来てたのか？」

「まあ、そんなところです。最近はそんな暇《ひま》もありませんでしたが。初めて食べたのは、大学生のときです。その頃《ころ》とは店主は代替《だいが》わりしましたが、味は変わっていませんよ。どうしますか？」

この公園で食べるアイスクリームは、ユーインとの思い出の一つなのだろう。この場所でどれだけの会話が交《か》わされてきたのだろうか。

「もちろん食べるよ」

ヒューバートの返事に、ユーインは嬉《うれ》しそうな顔をした。

「じゃあ、何がいいですか？　ダブルにもできますよ」

「バニラとチョコレート」

悩《なや》むこともなく何気なく答えたら、ユーインが小さく笑った。

「味の好みも変わってませんね」

「そうなのか？」

「子供の頃から、いつもその組み合わせです。ここでちょっと待ってて下さいね」

「わかった」

眼鏡《めがね》の位置を直しながら、小走りに駆《か》けていくユーインの背中を見守る。真《ま》っ直《す》ぐに伸《の》びた背筋は、真面目《まじめ》な彼の性格そのものだ。

ベンチに腰《こし》を下ろし、改めてゆっくりと周囲を見渡《わた》した。

ユーインから自分たちの思い出を聞くのは好きだ。だけど、同時に淋《さみ》しさも感じてしまう。彼の目に映っているのは、自分であって自分ではない。

二人の思い出を知れば知るほど、どうにもならないその事実を実感する。

(――俺は俺だ)

そうは思っていても、本来の自分への憧憬《しょうけい》と焦燥《しょうそう》を抑《おさ》えきれない。この胸の辺りに感じるもやもやとした感覚は一体何なのだろうか。

「お待たせしました。バニラとチョコレートのダブルです」

頭上から降ってきた声に顔を上げる。見下ろしてくる笑顔《えがお》に、ヒューバートも笑い返した。

「ありがとう」

アイスクリームが二つ載《の》ったワッフルコーンを手渡される。プラスチックの小さなスプーンが刺《さ》さっていた。

「君は何にしたんだ?」

「オレンジシャーベットです」

「それも美味《うま》そうだな」

「食べますか?」

「ああ、一口くれ」

「え？」

「ん？」

ユーインが戸惑《とまど》っていたのは、当たり前のように口を開いていたヒューバートに対してだったということがわかった。

「すまない。病院にいたときの癖《くせ》が出たのかな」

どうして、食べさせてもらうつもりでいたのだろう。自分のおかしな行動に首を傾《かし》げつつ、プラスチックのスプーンでユーインの食べているシャーベットを一口掬《すく》った。

口に運ぶと、舌の上に爽《さわ》やかな酸味と甘さがふわりと広がる。いま彼に口づければ、同じ味がするに違《ちが》いない。

（……何を考えてるんだ、俺は）

不埒《ふらち》な思考に至った自分に眉《まゆ》を顰《ひそ》める。意識すべきではないと自分に云《い》い聞かせているにも拘《かか》わらず、ユーインの唇《くちびる》ばかりを見てしまう。

「お口に合いませんでしたか？」

「いや、美味かった。冷たさが頭に響《ひび》いただけだ。君も俺のを食べてみるか？」

「え？　あ、はい、じゃあいただきます」

ユーインもぎこちなくヒューバートのアイスクリームを掬って食べる。

「美味いだろう？　ああ、でも、君は味見なんてしなくたって知ってるか」

あとになって、間の抜けた問いかけだったと気がつく。知らないことばかりなのは、自分だけだということを忘れていた。

「ええ、まあ。でも、美味《おい》しいです」

目が合った瞬間《しゅんかん》、お互いに笑みが零《こぼ》れた。ゆったりと流れる空気が心地《ここち》いい。

「こうしてるとデートみたいだな」

「え？」

ふと口にした感想に、ユーインは瞳《ひとみ》を大きく揺《ゆ》らがせた。心の内に秘めておくつもりだった気持ちが勢いのままに出てきてしまう。

「だって、そうだろう？　待ち合わせてランチをして、アイスを食べながら公園を歩くなんて、まるで恋人《こいびと》同士みたいだ」

自分たちがただの友人同士だとわかっていても、浮《う》かれてしまうのは気持ちを自覚したばかりだからかもしれない。

「な、何云ってるんですか！　さっきはジェレミーだっていましたし、デートなんてものじゃありません！」

何故《なぜ》かムキになって否定するユーインに気圧《けお》される。笑えない冗談《じょうだん》だと流されるだろうと思っていたヒューバートは、彼の大袈裟《おおげさ》な反応に面食《く》らった。

「君は俺とデートするのは嫌《いや》か？」

「あ、その、嫌だなんてそういうわけじゃ……っ」

勢いよく顔を上げたユーインと目が合った。さっき以上に目が泳いでいる。ユーインは珍《めずら》しく狼狽《うろた》えているようだ。

「……やめて下さい、そういう冗談は得意じゃないんです」

苦情を云うユーインの頬《ほお》はうっすら染まっているようにも見えた。

（もしかして、照れてるのか……？）

確かめたかったけれど、あまりしつこくすると機嫌《きげん》を損ねられてしまいかねない。ここは退いておいたほうがいいだろうと判断した。

「すまない、怒《おこ》ったのなら謝る」

「怒ってはいません。食べたら、次に行きますよ」

「わ、わかった」

顔を背《そむ》けてアイスクリームを食べているユーインの耳は、まだ赤いままだった。

6

「では、よろしくお願いします」

ヒューバートは、スポーツジムのトレーナーと堅《かた》く握手《あくしゅ》を交わす。

「任せて下さい。自分なりのペースでトレーニングをすれば、元の筋力はすぐに戻《もど》ってきますよ。焦《あせ》らず地道にやっていきましょう。プログラムができたら連絡《れんらく》します」

スポーツジムに来ることに決めたのは、リハビリと気分転換《てんかん》を兼《か》ねてのことだ。

ヒューバートの右腕《みぎうで》の筋力は、長いことギプスを塡《は》めていたせいでずいぶんと落ちてしまっている。医師の指導の下《もと》、自宅でもリハビリを行っていたけれど、それだけでは物足りなくなってきた。

そのため、スポーツジムで本格的に鍛《きた》え直すことにしたのだ。とはいえ、がむしゃらにトレーニングをして体を痛めてしまっては元も子もない。

自分の体のことをよく知ってくれているトレーナーにリハビリ用のプログラムを組んでもらうために、相談に訪れたというわけだ。

このジムには以前から定期的に通っており、入会時からずっと専任のトレーナーに指導してもらっているらしい。

自宅のあるアパートには住人専用のプールやスパも併設《へいせつ》されているのに、わざわざジムに入会したのは、紹介者《しょうかいしゃ》の顔を立ててのことだったと聞いている。

このジムに入会するには、会員の紹介が必要なのだそうだ。会員数にも上限があり、ある種のサロンとして機能しているらしい。有《あ》り体《てい》に云えば、コネクションを作る場ということだ。

「今日は急な相談で時間を作っていただいてありがとうございました」

「いいえ、お役に立てて光栄です。私はこれで失礼しますが、どうぞゆっくりしていって下さい」

「ありがとうございます」

次の予定へと向かうトレーナーと入れ替《か》わりに、ジムのスタッフが新しいコーヒーを運んできた。芳醇《ほうじゅん》な香《かお》りが鼻腔《びこう》を擽《くすぐ》る。

このジムのラウンジでは飲み物や軽食がサービスで提供される。ローカロリーでヘルシーな特別メニューが用意されており、とくに女性会員に好評のようだ。

「とりあえず、明日《あした》から朝走るか」

「張り切るのはいいですが、あまり無理はしないで下さいね。大きな怪我《けが》は腕の骨折だけとは云え、頭も打ってるんですよ」

「なら、見張っておいてもらわないとな」

「一緒《いっしょ》に走れということですか？」

「君のペースに合わせればちょうどいいんじゃないか？」

「……わかりました。明日から一時間早く起きるようにしましょう」

「楽しみだな」

「そんなに走りたかったんですか？」

「まあ、そうだな」

体を動かしたかったのは事実だが、それよりもユーインとの約束がまた一つ増えたことが嬉《うれ》しかった。

彼への気持ちを自覚してから、一分一秒と重ねるごとに想《おも》いが大きくなっていく。些細《ささい》な仕草一つに鼓動《こどう》が早鐘《はやがね》を打ち、笑顔《えがお》を向けられれば胸が締《し》めつけられる。

いつまでも自分の世話ばかりさせているわけにはいかないと思いながらも、彼を手放せないでいる。

「……ユーイン？」

「？」

「やっぱり、ユーインだ。こんなところで会えるとは思わなかったな」

驚《おどろ》き混じりの嬉しそうな声が頭上から聞こえてきた。見上げたユーインの表情が余所《よそ》行きの笑顔に変わる。

「ロバート。お久しぶりです」

「本当に久しぶりだな。こんなところでユーインに会えるなんて思わなかったな」

ユーインは立ち上がり、声をかけてきた人物と握手を交《か》わしている。彼の人懐《ひとなつ》こい笑みと逞《たくま》しい長身が目を引いた。ロバートという名をヒントに、暗記した人物リストを思い出す。

（確か、C&DのCEOのロバート・クラーク……だったよな？）

C&Dは彼の類《たぐ》い希《まれ》なる才能で成り立っているIT企業《きぎょう》だ。彼と彼の共同経営者が学生時代に起《た》ち上げた会社は波に乗り、いまは大企業の一員だ。

「ヒューバートも元気そうだね。君の活躍《かつやく》はよく耳にしてるよ」

「ありがとう、君も健勝そうで何よりだ」

ヒューバートも立ち上がり、ロバートと握手を交わす。

見覚えのない相手に、知識だけで話を合わせることにもずいぶん慣れてきた。

親しげに会話をしていると、以前から知っている人物のように思えてくるけれど、元からあった記《き》憶《おく》が蘇《よみがえ》ってきているわけじゃない。

喩《たと》えて云《い》うなら、与《あた》えられた役を演じているような気分だ。

ロバートはヒューバートへの挨拶《あいさつ》もそこそこに、嬉しそうにユーインへと向き直る。偶然《ぐうぜん》の出会いを心の底から喜んでいる様子だった。

彼とは、顔見知り程度の知り合いだと聞いている。けれど、彼のほうはユーインに対し、それ以上の好意を抱《いだ》いているようだ。

「今日は二人とも仕事は休み？」

ヒューバートが事故に遭《あ》ったことは、ロバートには知られていないようだ。

「ええ、ずっと働き詰《づ》めだったので、長めの休みを取ってるんです」

「へえ、長期休暇《きゅうか》なんて羨《うらや》ましい。それにしても、君は出逢《であ》ったときと全然変わってないね。今日も思わず目を奪《うば》われたよ」

「あなたもこちらの会員だったんですね。いままでお見かけしませんでしたが」

ユーインはロバートの褒《ほ》め言葉を聞き流し、違《ちが》う話題を振《ふ》る。

「ああ、先月知人に誘《さそ》われて入会した。あんまり体動かすの好きじゃないんだけど、スタミナのなさを実感して一念発起《ほっき》したんだ。ユーインも会員だって知ってたらもっと早く来たのにな。ユーインはよく来てるの？」

「都合がつかないときもありますが、週に一回は来るようにしています。ヒューバートのほうがマメに通っていますね」

「じゃあ、俺ももっと真面目《まじめ》に通うようにしよう。そうしたら、会える回数も増えるだろうしね。今日は二人ともこれからトレーニング？」

「いえ、新しいプログラムを組んでもらおうと思ってトレーナーに相談に来たんです」

「しばらくサボっていたせいで体が鈍ってしまっているから、鍛え直そうと思ったんだ」

「ヒューバートはいまでも充分《じゅうぶん》逞しいよ。俺からしたら、ちょっとサボるくらいがちょうどいい気がするけど」

「私もそう云ってるんですが、なかなかのんびりしてくれなくて困ってます」

「これ以上のんびりしていたら、腑抜《ふぬ》けになってしまいそうだ」

「そんな心配をしてるのはあなただけですよ」

ユーインと云い合っていたら、ロバートが声を立てて笑った。

「相変わらず、ヒューバートとは仲がいいんだね」

「え？　ええ、まあ……」

ロバートの言葉に、ユーインの表情が一瞬《いっしゅん》固まった気がした。とくに気に留めるような内容ではなかったと思うのだが、何が引っかかったのだろうか。

「本当に君たちの関係は羨ましい限りだよ。俺にも君みたいに聡明《そうめい》なパートナーがいてくれたら、どんなにいいだろうね」

ロバートの云う『パートナー』とは、どういう意味合いのものだろうか。ヒューバートが怪《け》訝《げん》に思っていると、ユーインは静かに笑いながら言葉を返す。

「あなたにもパートナーがいるじゃないですか」

彼にも共に会社を作った共同経営者がいる。ユーインに見せられた資料には、大学で出逢った友人だと書いてあった。

だが、ロバートはユーインの言葉に小さく肩《かた》を竦《すく》め、首を横に振る。

「あいつはただの悪友だ。君たちのような関係とは違う。君がフリーになるなら、どんな手を使ってでもウチに来てもらうのにな」

ロバートとユーインのやりとりに、何とも云いがたい苛立《いらだ》ちを覚える。ユーインの肩に触《ふ》れたロバートの手をやんわりとどけながら、ユーインの代わりに答えを告げた。

「それはありえない。ユーインは大事な……ウチの社員だ。君のところに行かせるわけにはいかないな」

気安く触《さわ》るなと云いたい気持ちを堪《こら》えながら、言葉を選んで丁重に告げた。

ユーインから、自分は会社の顔なのだと、強く云い聞かされている。それを考えたら、無闇《むやみ》な真似《まね》はできなかった。

「おっと、ヒューバートがいるのを忘れてた。いまのは冗談《じょうだん》ってことにしておいてくれ」

「仕方がない。今回だけは見逃《みのが》そう」

ロバートの軽口に応《こた》え、笑顔で返す。正直云って笑っている気分ではなかったけれど、ユーインの顔を潰《つぶ》したくはなかった。

「ユーイン、次は彼のいないときにゆっくり――」

会話が着信音に遮《さえぎ》られる。携帯《けいたい》電話を確認したロバートは、心底残念そうな顔になった。

「もっとゆっくり話したかったが、もう行かないと」

「それは残念だ。会えて嬉しかったよ」

言葉とは裏腹に、心の内ではほっとしていた。これ以上、ユーインと話しているところを見ていたら、不機嫌《ふきげん》さを隠《かく》しきれなくなるところだった。

「もしよかったら、今度遊びに来てくれ。この間、新しく家を買ったんだ。もちろん、ヒューバートも一緒《いっしょ》に」

「ああ、機会があったらぜひ」

自分を誘ったのは、もののついでだろう。本心ではユーイン一人を誘いたいと思っているに違いない。

「これがいまの俺の連絡先《れんらく》だ。前のも使えるけど、こっちのほうが連絡つきやすい。ユーインのアドレスは変わってない？」

「はい、以前のままです」

「日を改めて二人を誘うよ。それじゃあ、また」

ロバートは連絡先をユーインと交換《こうかん》し合うと、忙《せわ》しげに去っていった。何だか憎《にく》めない男だったが、腹立たしいのもまた事実だ。

（ユーインもあんなに愛想よくしなくたっていいだろうに……）

顔見知り程度と云っていたわりに、ずいぶん親しげなやりとりだった。冗談めかしていたけれど、ロバートが本気で口説《くど》いていたのは明白だった。

「——俺たちも帰るぞ」

冷えたコーヒーを飲み干し、立ち上がる。

「あ、はい」

ヒューバートは足早にラウンジをあとにし、受付を抜けた。

どうしても苛々とした気持ちが抑《おさ》えられない。自分のことが思い出せない状況《じょうきょう》にだって、こんなふうに苛立つことはなかった。

(俺は何に苛ついてるんだ?)

無言でエレベーターに乗り込み、一階のボタンを乱暴に押す。

「あの、ヒューバート……?　どうかしましたか?」

「どうって?」

「難しい顔をなさってるので……」

どうやら、感情が表情に思いきり出ていたらしい。ユーインの不安そうな面持《おもも》ちを見る限り、相当厳しい顔をしていたのだろう。

「ああ、これは――」

云いかけたところで、はっとする。

何気なく口にしようとした言葉で、ヒューバートは自分の気持ちの正体に気がついた。

ロバートに感じていたのは、嫉妬《しっと》と羨望《せんぼう》だ。何の柵《しがらみ》もなくユーインを口説ける彼が羨ましかったのだ。

(羨ましい?)

勝手に以前の自分たちの関係を想像し、自制するべきだと思い込んでいた。

幼なじみという間柄《あいだがら》に気兼《きが》ねしている部分もあったけれど、自分の気持ちを隠しておかなくてはならないという義務はない。

いまさら気づいた事実に、目から鱗《うろこ》が落ちたような気分だった。

告白をしたら、気まずくなる可能性は大きいだろう。だけど、何事も一歩踏《ふ》み出してみなければ、その結果はわからない。

「ヒューバート？　どうかしましたか？」

黙《だま》り込んでいるヒューバートを、心配そうにユーインが見上げてくる。不思議と落ち着いた気分で、心の内を口にした。

「嫉妬していただけだ」

「え？」

「君と親しげにしている彼に嫉妬したんだ」

ユーインを取り巻く人物に対して感じていたもやもやしたものも、嫉妬から来ていたのだろう。もっと彼のことを知りたいという気持ちを拗《こじ》らせた故《ゆえ》の感情だったのだろう。

彼の過去も未来も現在も、何もかも独占《どくせん》したいなんて贅沢《ぜいたく》すぎる望みだ。呆《あき》れるほどに人間は欲深い。

「嫉妬って、あの、どういう……」

ユーインは完全に混乱しているように見えた。完全に想定外の答えだったのだろう。エレベーターの中での告白なんて、ムードも何もない。

だけど、いま告げなければ二度とチャンスは訪れないかもしれない。シチュエーションにこだわっている余裕《よゆう》はなかった。

「俺は君が好きなんだ」

自分でも驚《おどろ》くほどすんなりと言葉が出てきた。言葉にした途端《とたん》、ずっと抱《かか》えていた胸の閊《つか》えがなくなった。

告白した瞬間《しゅんかん》、一瞬だけユーインが泣きそうになったように見えたのは気のせいだろうか。

「な、何を云《い》って……」

「目覚めたあの日から、ずっと引っかかっていたんだ。君を見ていると特別な感情が込み上げてくる。胸が苦しくなるのは、事故の後遺症《こういしょう》なんだろうかとも思ったりもしたが、君が好きなんだとわかって納得《なっとく》した」

いま思えば、窓の外を眺《なが》めている横顔に目を奪《うば》われた瞬間に恋《こい》に落ちていたのだろう。そして、日々を共に過ごすうちに、彼の何もかもが愛《いと》しくなっていった。

もしかしたら、もっと昔から惹《ひ》かれていたのかもしれないけれど、自分にはその答えを知る術《すべ》はない。だけど、彼への気持ちが恋だとわかって腑に落ちた。

「……勘違《かんちが》いですよ。それはありえません」

ユーインは笑って否定するけれど、どこかぎこちない。

「どうしてそう思うんだ？」

「あなたに、私では釣《つ》り合いが取れません」

彼の云い分は理解できなかった。というよりも、会話が嚙《か》み合っていないように思えた。

「釣り合いを考えて人を好きになるわけじゃない。いまの俺に断定はできないが、記憶《きおく》を失う前も君を好きだったんだろうと思う」

「な、何を証拠《しょうこ》にそんな……」

ユーインは飽《あ》くまで認めようとしない。平静を装《よそお》っているけれど、ムキになっているようにも見えた。

いま話しているのは、ヒューバートの気持ちについてであって、ユーインの気持ちを決めつけようとしているわけではない。それなのに、どうしてこんなに頑《かたく》ななのだろうか。

やむなく、口にするつもりのなかった言葉を告げる。

「証拠になるかどうかはわからないが、何度も君を抱《だ》いている夢を見た」

「!?」

ヒューバートの明け透《す》けな言葉に、ユーインは真っ赤になった。下世話な話はしたくなかったけれど、他《ほか》に証明になるものは何もない。

ユーインと体を重ねる夢は、あれから何度も見た。夢の中の彼は、いつもいつも何か云いたげな表情をしていた。

「夢は夢でしょう。ヘンな夢を見たから、勘違いしているんですよ」

ユーインは早口にそう云いきった。一刻も早くこの話題を終わらせたいように見えるのは気のせいだろうか。

「俺が君を好きだと思ってるんだ。その気持ちの真偽《しんぎ》は君に判断されることじゃない。違うか？ それとも、勘違いだっていう確証はあるのか？」

どうしてこんなに喧嘩腰《けんかごし》で愛の告白をしなければならないのだろう。そもそも、ユーインは何故《なぜ》こんなにもムキになってヒューバートの気持ちを否定するのだろうか。

彼が世話を焼いてくれているのは、自分にそれなりの好意を抱《いだ》いてくれているからでもあるのではと期待していた部分もあった。

驚かせることはあっても、ここまで頑なな態度を取られるとは思ってもみなかった。

「確証と云われても……」

「なあ、本当のことを教えてくれ。記憶を失う前、俺たちはどういう関係だったんだ？」

「……っ」

追及《ついきゅう》するとユーインは目を泳がせて、あからさまに動揺《どうよう》を見せる。ユーインは、何かを隠しているようだった。記憶を失う前、自分と彼との間に一体何があったのだろう。

それが何なのか知りたい気持ちはあるけれど、彼を追い詰《つ》めたいわけではない。ヒューバー

トは深呼吸をし、改めて自分の想《おも》いを告げる。

「もしも、以前も君を好きだったということが勘違いだったとしても、いまは間違いなく君が好きだ。そうじゃなきゃ、君を抱きたいなんて思わないだろう？」

「それは――」

ユーインは言葉を詰まらせる。何故か、いまにも泣き出しそうな顔をしていた。

（どうして、そんな顔をするんだ？）

彼を困らせたいわけじゃない。ただ、自分の気持ちを知って欲しかっただけだ。

かける言葉が見つからないまま、途中階《とちゅうかい》でエレベーターが停《と》まり、ドアが開く。人が乗り込んできたせいで、会話を再開するタイミングを失ってしまった。

7

勢いで告白してしまったあの日から、ユーインとの間には距離《きょり》ができていた。もちろん、つかず離《はな》れず傍《そば》にはいてくれているけれど、どことなく壁《かべ》があるように感じる。

もちろん、あの話の続きはできていない。切り出せそうな雰囲気《ふんいき》になると、ユーインがさりげなく話題を変えてくるのだ。

ユーインの態度は、やはり理解しがたいものだった。

自分の気持ちに応《こた》えられないのなら、そうはっきり云えばいい。友情以上のものを感じないというなら、そう云ってくれれば納得《なっとく》する。

自惚《うぬぼ》れるつもりはないけれど、少なからずユーインからは好意を感じていた。義務だけでここまで何くれとなく世話を焼いてくれたり、特別な笑顔《えがお》を見せてくれるとは思えない。

それを、自分と同じような気持ちを抱いてくれているからではないかと期待していなかったと云えば嘘《うそ》になる。

(どう返事をすればいいかわからないのかもな……)

自分のことで手一杯《いっぱい》で、彼の気持ちを考えていなかった。誰《だれ》だって、友人から告白をされたら混乱するに決まっている。

せめて、以前の自分たちの関係を正しく把握《はあく》できればと思うけれど、ユーインはその話から逃《に》げ回っていた。

家族を除けば、ヒューバートとユーインに一番近しい人間はジェレミーだ。彼にそれとなく相談をしてみたけれど、彼もはっきりとしたことは教えてくれなかった。

『ユーインが云いたくないなら、俺が口にする権利はないな。どうしても知りたきゃ、自分で思い出せよ。それ以外のことなら何でも教えてやる』

彼の含《ふく》みのある発言はヒューバートを余計に悩《なや》ませたけれど、それだけのことがユーインとの間にあったという裏返しでもある。

記憶を失ったことは不可抗力《ふかこうりょく》とは云え、そのことでユーインを傷つけているのだとしたら、責任は自分自身にある。

「……大丈夫《だいじょうぶ》ですか？」

「ん？　ああ、問題ない」

考えごとをしていただけだが、このあとのことで憂鬱《ゆううつ》になっていると思われたのだろう。

今夜の行き先は、オペラの公演だ。仕事関係からの招待で、どうしても断ることはできない誘《さそ》いだったらしい。迎《むか》えにきたリムジンに乗り込み、会場へと向かっている。

「緊張《きんちょう》してるんですか？」

「少しはな」

今日は千秋楽で、公演後のパーティにも招かれている。知人も大勢参加しているだろうとのことだった。

記憶を失っていることに気づかれないよう、振《ふ》る舞《ま》う必要がある。顔、名前、肩書《かたが》き、自分との間柄《あいだがら》、全《すべ》て頭に入っているけれど、それでも会話が長引けば違和感《いわかん》を覚えさせてしまうかもしれない。

いかに上手《うま》くやりすごすかが、今日の命題だった。

正直なところ、会社を背負っている実感はない。だけど、ユーインが大事にしているものだということはよくわかっている。

彼の大切なものなら、自分にとっても同じく大事なものだ。

「ボロを出さないように頑張《がんば》るよ」

「私がフォローしますから、ご心配なく。公演後は招待して下さった主催《しゅさい》の方にご挨拶《あいさつ》したら、すぐにお暇《いとま》しましょう」

「そうだな。そのくらいなら、何とかなりそうだ」

いま身に着けているタキシードは、ヒューバートのサイズに合わせて誂《あつら》えたものだそうだ。ネクタイの締《し》め方が思い出せなかったけれど、思った以上にしっくりと体に馴染《なじ》んでいた。

同行しているユーインも揃《そろ》いの正装だ。普段《ふだん》は民族服の正装である長袍《チャンパオ》を着ることが多いそうだが、今日は目立つことを避《さ》けるためタキシードにしたらしい。

斜《なな》め前に座るユーインをしげしげと眺《なが》めていたら、気まずげな様子で訊《き》いてきた。

「私の顔に何かついていますか？」

「よく似合ってると思って」

丁寧《ていねい》に誂えられたタキシードは、ユーインの清廉《せいれん》さを引き立てている。気乗りのしない招待だったが、彼の正装姿を見られたことは幸いと云《い》える。

どうせなら長袍を着ているところが見たかったけれど、それは次の機会までお預けだ。

「ありがとうございます。ヒューバートもよく似合ってますよ」

「俺もそう思う」

自分で云うのも何だが、鏡を見たときあまりの違和感のなさに感心してしまった。むしろ、普段着《ふだんぎ》のカジュアルな服装が似合っていないのだと判明した。

「クロフォードさま。到着《とうちゃく》いたしました」

リムジンが会場前にゆっくりと停まり、運転席からマイク越《ご》しに告げられる。ドアは外から開けられ、恭《うやうや》しく出迎えられた。

ヒューバートが先に降り、奥から出てきたユーインに手を差し伸《の》べる。

「ユーイン」

「あ、ありがとうございます」

躊躇《ためら》いは見せたが、ユーインは素直にヒューバートの手を取ってくれた。浮《う》き立つ心を抑《おさ》えながら、少しひんやりとした細い指を握《にぎ》る。

できることなら、このままずっと握っていたい。呆《あき》れられかねない願望を心の隅《すみ》に押しやり、そっと手を離す。

だが、そんな切ない気持ちは間の悪い呼びかけによって強引《ごういん》に断《た》ち切られた。

「ヒューバートさま！」

名前を呼びながら駆《か》け寄ってきたカクテルドレスの女性は、ジュリア・アンダーソンだった。

（またか……）

タイミングの悪さに内心舌打ちをする。知人に会うだろうことは覚悟《かくご》していたが、ジュリアが待ち構えているとは想定外だった。

しかし、少し考えれば予想できたことだ。休暇《きゅうか》のスケジュールと行き先を調べ上げ、偶然《ぐうぜん》を装《よそお》って追いかけてくるのだから、観劇の予定を知ることくらい彼女にとっては容易《たやす》いことだっただろう。

「こんなところでお会いできるなんて嬉《うれ》しい。運命のようですわね」

飽《あ》くまで偶然を装う彼女に合わせ、ヒューバートも驚《おどろ》いて見せる。

「これは、ミス・ジュリア。あなたも今日の公演をご覧に？」

「ええ、以前から楽しみにしてた公演なんです。どうしても千秋楽が見たくて、父に席を押さえてもらいましたの」

「お父様といらしてるんですか？」

「それが父に急用が入ってしまって、今日は私一人なんです。あっ、そうだわ、ヒューバートさま。よかったら私の席にいらして下さい。一人で見るのはもったいないくらいすごくいいお席なの！」

「お気遣《きづか》いはありがたいですが、我々にも用意していただいた席がありますので」

彼女は遠回しに云って通じる相手ではない。言葉を選びつつ、はっきりと断りを入れたが、ジュリアは諦《あきら》めてくれなかった。

「遠慮《えんりょ》なさらずいらして下さい。一人で見るより、ヒューバートさまと一緒《いっしょ》に見たほうが絶対に楽しいですもの」

「楽しみにしてらした公演なら、一人で集中してご覧になったほうが楽しめるのでは？」

「本当のことを云うと、一人は少し心細くて……。だから、ヒューバートさまがお隣《となり》にいて下さるといいなって思ったんです」

今度は目を伏《ふ》せ、不安そうな面持《おもも》ちで告げてくる。わかりやすい演技だったが、ジュリアのしつこさにまず折れたのはユーインだった。

「ヒューバート、せっかくですからお邪魔《じゃま》させていただいたらどうですか？」

「……ユーイン」

思わず責めるような声音《こわね》で名前を呼ぶと、申し訳なさそうに目配せをされた。人目のある場所でのやりとりを終わらせたかったのだろう。

「ほら、秘書さんもこう云ってますから。さ、行きましょ？」

ジュリアはユーインの言葉で言質《げんち》を取ったとばかりにヒューバートの腕《うで》を取り、エスコートを要求してくる。

「彼の名前はユーインです」

秘書のような仕事をさせている自分にも非があるだろうが、いい加減個人を認識してもらいたい。

「そうでしたわね、ごめんなさい。私ったら、物覚えが悪くて」

「…………」

興味がないだけだろうと云いかけた言葉を呑《の》み込み、代わりにため息を吐《つ》く。

絡《から》みついた腕を振り解《ほど》きたかったけれど、人前で女性に恥《はじ》をかかせるわけにもいかない。不快な気持ちをぐっと呑み込み、会場までエスコートすることにした。

赤い絨毯《じゅうたん》の敷《し》かれた長い階段を共に歩いているだけでも精神力を要するのに、ジュリアは必要以上に体を寄せてくる。

込み上げてくる嫌悪《けんお》感《かん》が顔に出ないようにするのは、至難の業《わざ》だった。

「そういえば、どうして別荘《べっそう》を離《はな》れることを教えてくれませんでしたの？　お見舞《みま》いに伺《うかが》ったら管理人の方しかいらっしゃらなくて……」

「体のことを鑑《かん》みて、もっと静かなところで療養《りょうよう》することにしたんです。お陰様《かげさま》で怪我《けが》はすっかりよくなりました」

「そうでしたのね。あの管理人の方、ヒューバートさまの行き先も連絡先《れんらく》もわからないなんて云ってましたのよ。もっと気《き》の利く人を雇《やと》ったほうがよろしいのでは？」

かなりあからさまに避けたつもりだったが、彼女には通じていなかったようだ。

（わかっていないふりをしているだけか？）

わがままな女性は何人も見てきたけれど、ジュリアの振る舞いはまさに『お姫様《ひめ》』だ。常に誰《だれ》かが傅《かしず》き、彼女の願いを叶《かな》えてきたのだろう。

だが、それが万人に通用するわけではないと理解すべきだ。

「でも、私も配慮《はいりょ》が足りませんでしたわ。ヒューバートさまと連絡先の交換《こうかん》を忘れてたんですもの。次は直接私に連絡下さっても大丈夫《だいじょうぶ》ですわ。父を通してでは、ヒューバートさまも気兼《きが》ねなさるでしょう？」

気兼ねなどしていないが、何を云っても都合よく受け取られてしまいそうだ。ユーインの手前、角を立てないよう努めているけれど、苛立《いらだ》ちは増すばかりだった。

入り口で招待客のチェックを受け、会場内に足を踏《ふ》み入れる。エントランスの天井《てんじょう》には豪奢《ごうしゃ》なシャンデリアが下がっており、あちこちに祝いの花が飾《かざ》られている。

シャンパンやワインが振る舞われる中、思い思いに着飾った観客たちは楽しそうに歓談《かんだん》していた。

これだけ人がいれば、知っている顔の一人や二人はいるだろう。

「申し訳ありません。知人に挨拶《あいさつ》をしたいので――」

さりげなくジュリアの手を解き、人込みに紛《まぎ》れようとしたけれど、再び力強く腕を巻きつけられてしまった。

「私たちの席はこちらですわ」

やはり、ジュリアは一筋縄《ひとすじなわ》でいくようなタイプではないようだ。

彼女に連れていかれたのは真正面のボックス席だった。近くにいたスタッフにジュリアが名前を告げ、ガラスの小窓のついた木製のドアの鍵《かぎ》を開けてもらう。

確かにステージがよく見えるいい席だ。正面のこの席なら音の聞こえ方も悪くないだろう。ゆったりとした空間ではあるが、そこは二人分の座席しか見当たらない。

「こちらは二人分の椅子《いす》しかないようですが？」

「ええ、私たち二人の席ですもの。ああ、ヒューバートさまと一緒に観《み》られるなんて本当に幸せだわ。偶然出会わせてくれた神様に感謝しないと」

これまで抑え込んでいた苛立ちが滲《にじ》み出てしまう。

「つまり、彼にはここで立っていろと？」

「彼にもお席があるんでしょう？　私がお誘《さそ》いしたのはヒューバートさまだけですけれど……」

ジュリアは心から不思議そうな顔をしている。

「でしたら、私どもは本来の席へ戻《もど》らせていただきます」

「え、どうして?」

やんわりと抗議《こうぎ》しようとしたヒューバートを、ユーインが遮《さえぎ》った。

「私はけっこうですから、あなたはこちらでご覧になって下さい。終幕後にお迎《むか》えに上がります」

「まあ、気の利く秘書さんね。あ、シャンパンを二つお願い。そうね、一緒にチョコレートも食べたいわ」

自分の求めていた答えをユーインから引き出せたことで、ジュリアは機嫌《きげん》をよくした。ついでのように用を云《い》いつける遠慮のなさに、ヒューバートは憤《いきどお》りを抑《おさ》えきれなくなった。

とは云え、声を荒《あら》らげるのは大人げない。一呼吸ついてから、子供に云い聞かせるような口調で抗議の言葉を口にする。

「ミス・ジュリア。何度も云うようですが、彼は私の友人です。使用人のように扱《あつか》わないでいただきたい」

「いいんです、ヒューバート。ただいま手配して参ります」

「ありがとう。よろしくお願いね」

「ユーイン!」

ユーインはこの場を丸く収めることを優先したのだろう。ヒューバートの呼びかけも虚《むな》しく、部屋から出ていってしまった。

「ふふ、これでやっと二人っきり。お邪魔虫はいなくなりましたわね」

「――離《はな》れてもらえないか」

しなだれかかってくるジュリアをやんわりと引き離し、冷ややかに告げた。会社のためと耐《た》えていたけれど、ユーインに対する失礼な対応に我慢《がまん》の限界だった。

「ヒューバートさま？　やだ、もしかして照れてらっしゃるんですか？　もうここには私たち二人しかいないのに」

この期《ご》に及《およ》んで都合のいい解釈《かいしゃく》をするジュリアには感心するが、これ以上はつき合っていられない。

「はっきり云わないとわかりませんか？　その気はないと云ってるんです」

「え？」

「それと、ユーインに二度とあんな失礼な態度を取らないでもらえますか？。彼は私の同僚《どうりょう》であり、友人だ。あなたの見下すような態度は不愉快《ふゆかい》だ」

ヒューバートの怒《いか》りが本物だとわかったのか、ジュリアはやっと謝罪を口にした。

「やだ、ごめんなさい。そんなつもりはなかったの……。優しい人だったから、つい甘えちゃって。でも、きっと彼なら許してくれるわ」

謝りはしたけれど、根本的に理解していないらしい。彼女と話していても埒《らち》が明かないと判断し、踵《きびす》を返した。

「ユーインが許しても、私は許す気になれそうにない。失礼する」

「ヒューバートさま⁉」

事を荒立てないように感情を抑え込んだつもりだが、我ながら大人げない対応をしてしまった。以前の自分ならもっと上手《うま》く躱《かわ》せていたのかもしれないが、いまのヒューバートにはあれが精一杯《せいいっぱい》だった。

ボックス席を出たところでシャンパンを運んできたウェイターにぶつかりそうになる。

「……っ、すまない」

「失礼しました」

トレーの上にチョコレートが載《の》っているということは、ユーインがオーダーしたものに違《ちが》いないと当たりをつけ、ウェイターに問いかける。

「これを頼《たの》んだ男性がどこに行ったかわかるか？」

「黒髪《くろかみ》の方ですか？　その方でしたらエントランスのほうへ降りていかれたと思いますが」

「ありがとう、助かったよ」

エントランスに降りていったということは、本来の自分たちの席へ向かったわけではないようだ。終幕後に迎えに来ると云っていたが、公演を見ないつもりなのかもしれない。

外に行かれたら、容易に見つけることはできなくなってしまう。会場内にいる間に捕《つか》まえなければと足を急がせた。

(どこに行った?)

歓談する客の間を抜《ぬ》けながら、ユーインの姿を捜《さが》す。途中《とちゅう》、何人にも親しげに声をかけられた。自分は相当顔が広いらしい。

「久しぶりだな、ヒューバート。どうした、誰か捜してるのか?」

「ユーインを捜してるんだ。見なかったか?」

駄目元《だめもと》で訊《たず》ねてみる。自分のことを知っているのなら、ユーインとも顔見知りの可能性は大きい。

「ユーイン? さっきあっちのほうで話してるのを見かけたけど、こんなところではぐれたのか?」

「ちょっとな。ありがとう、見に行ってみるよ」

「あ、おい、ヒューバート!」

話し足りなそうな彼を残し、再びユーインを捜す。誰かと話をしていたのなら、足を止めているはずだ。

(どこだ? どこにいる?)

正装した人々で溢《あふ》れているせいで、服装は目印にならない。似た背格好に目を止めては、別人だとわかり落胆《らくたん》する。

目を皿のようにして見回し、ようやく彼の姿を見つけた。人の流れを掻《か》き分けながら、外へ出ていこうとしているユーインを追いかける。

「ユーイン!」

「!」

名前を呼ぶと、ユーインは驚《おどろ》いた様子で足を止めた。その隙《すき》に駆《か》け寄り、逃《に》げられないように腕《うで》を摑《つか》む。

会場の入り口でやっと捕まえたユーインは、心細そうな顔をしていた。その表情に虚《きょ》を突《つ》かれた瞬間《しゅんかん》、ズキン、と頭に痛みが走った。

(くそ、こんなときに……)

しばらく鳴りを潜《ひそ》めていたのに、タイミングが悪すぎる。だが、いまは頭痛など気にしている場合ではない。

「どこに行くつもりだ?」

「もう始まりますよ。私は仕事が入りましたのでお気遣《きづか》いなく」

笑顔《えがお》を浮《う》かべているのに、何故《なぜ》か泣きそうな表情に見えた。いまは絶対にユーインを一人にはできない。

「仕事なら俺も行く」

「気持ちはありがたいですが、いまのあなたでは役に立ちません。終演時間の前には戻りますから、ご心配なさらなくて大丈夫《だいじょうぶ》ですよ」

「――そんなに彼女と俺を二人きりにしたいのか？」

ストレートな問いに、ユーインは目を泳がせた。

ジュリアに遠慮《えんりょ》があるのは、フィフストラスト・バンクとの関係を慮《おもんぱか》っているのだとばかり思っていたけれど、それだけではなさそうだ。

「そういうわけではありませんが、彼女への配慮《はいりょ》も必要だと思って……」

「会社の体面はわかる。だが、あそこまで気を遣う必要があるか？」

「それは……」

「君が俺から距離《きょり》を取ろうとしているのは、俺が好きだと云ったからか？」

「……っ」

小さく息を呑《の》む様子に、真実を云い当ててしまったとわかった。

「迷惑《めいわく》なら迷惑だと云ってくれ。君を困らせてまでどうこうしようという気はない。だから、君の本当の気持ちをはっきり云ってくれ」

振《ふ》られるなら、いっそ早いほうがいい。諦《あきら》めがつくとは思えないけれど、想《おも》いを押し隠《かく》すことはできる。

ユーインが友人でいたいというならそう振る舞《ま》うつもりだし、ただの同僚として距離を取ることを望むならそれも仕方がないだろう。

だが、いまの中途半端《ちゅうとはんぱ》な関係は生殺しだ。もしかしたらという期待が、どうしても捨てきれない。

「……その件と今日のことは関係ありません。彼女の機嫌《きげん》を損ねれば、今後の取り引きに支障が出ると判断しただけです。申し訳ありませんが、今日のところは我慢していただけませんか？」

結局、彼は答えを口にするのを避《さ》けた。どうして、最後通牒《つうちょう》を与《あた》えてくれないのだろうか。

「早く戻《もど》らないと始まってしまいます。私には構わず行って下さい」

「俺には君のほうが大事だ」

「離して下さい」

「待っ――――」

前にもこんなことがあった気がする。腕を振り払《はら》うユーインの姿に既視感《きしかん》を覚える。再度引き止めようとしたけれど、さらに頭痛が酷《ひど》くなった。

「痛……っ」

頭の内側から断続的に鈍器《どんき》で殴《なぐ》られているような激しい痛みに、ヒューバートは額を押さえて膝《ひざ》を折る。

立ち去ろうとしていたユーインも、ヒューバートの不調に気づき足を止めた。

「大丈夫ですか⁉」

「あ、ああ…少し頭が痛んだだけだ」

男とは滑稽《こっけい》な生き物だ。こんなときでも、好きな相手には見栄《みえ》を張ってしまう。しかし、頭痛のお陰《かげ》でユーインを引き止めることができたのは不幸中の幸いだ。

気遣ってくれるユーインを安心させたくて微笑《ほほえ》みかけようとした瞬間、甲高《かんだか》い声が聞こえてきた。

「どうして私の邪魔《じゃま》をするの？」

「ジュリアさま――」

ヒューバートを支えているユーインの表情が強張《こわば》っている。彼の視線を追うように振り返ると、鬼気迫《ききせま》る顔でジュリアが立っていた。

「ほんっと目障《めざわ》りなんだけど！　今度こそ幸せになるんだから、邪魔しないでよね⁉」

「ジュリアさま、落ち着いて下さい」

「うるさいわね…っ、私に偉《えら》そうな口きかないで！　あんたなんて死ねばいいのよ‼」

「……ッ⁉」

劈《つんざ》くような金切り声と共に、ユーインの体がバランスを崩《くず》して階段の下のほうへと倒《たお》れていった。

「ユーイン……！」

あちこちから悲鳴が上がる中、咄嗟《とっさ》に手を伸《の》ばす。今度こそはユーインの手を摑み損ねたくなかった。

(今度こそ？)

脳裏《のうり》に浮かんだ思考を不可解に思いながら、摑んだ腕を力任せに引き寄せ、ユーインを腕の中に抱《かか》え込む。ほっとしたのも束《つか》の間、頭から階段を落ちていった。

「く……ッ」

がつがつと段に頭をぶつけながら、階段を滑《すべ》り落ちていく。歯を食い縛《しば》り、ユーインを守ろうと抱《だ》いた腕に力を込める。

人は危険が迫ると、走馬燈《そうまとう》のように過去の記憶《きおく》が蘇《よみがえ》ってきたり、周囲の動きがゆっくりと見えたりすると聞くが、それは事実だったようだ。

勢いよく落ちていっているはずなのに、周りの人の表情がはっきりとわかる。階段の上に目をやると、ジュリアが鬼気迫る顔で立っているのが目に入った。

一連の行動を見ていたのか、劇場の警備員が彼女を取り押さえようとしている。辺りは騒然《そうぜん》とした雰囲気《ふんいき》になっていた。

(下手を打ったな……)

はっきりと袖《そで》にしたことで、ジュリアのプライドを傷つけてしまったのだろう。まさか、こんな行動に出るとは想像もしていなかった。

「……っ」

ガツッという鈍《にぶ》い音と共に、体の動きが止まった。かなりの勢いがあったためか、頭への衝《しょう》撃《げき》は相当なものだった。

痛みに呻《うめ》くヒューバートの腕の中から、ユーインはすぐに体を起こした。

「ヒューバート!?」

「……大丈夫だ、生きてるよ」

「こんなときに冗談《じょうだん》はやめて下さい。どうして私なんか庇《かば》ったりするんですか!」

答えのわかりきった質問をされ、思わず笑ってしまった。

「世界で一番大事な人だからに決まってるだろう。怪我《けが》はないか?」

「あなたのお陰で私は何ともありません。申し訳ありません、私の不注意で……」

「そんな泣きそうな顔をするな。君が無事ならそれで……いい……」

自分の頭は庇えなかったが、腕の中のユーインには傷一つつけずにすんだようだ。ほっとした途端《とたん》、気が抜《ぬ》けてしまったのか意識が薄《うす》れてきた。

「ヒューバート!? しっかりして下さい! きゅ、救急車、救急車を呼ばないと……」

携帯《けいたい》電話を取り出したユーインの手が小刻みに震《ふる》えている。

「俺は…大丈夫…だ……」

ユーインを慰《なぐさ》めたいのに、体に力が入らない。それどころか、どんどん意識が薄れていく。

（前にもこんなことがあった気がするな……）

そういえば、記憶を失ったきっかけは交通事故だった。既視感を覚えるのはそのときと似た状況《じょうきょう》だからかもしれない。

「ヒューバート!?」

ユーインが悲痛な声で名前を呼ぶ。それに応《こた》えたいと思うのに、意識が遠ざかっていく。ヒューバートは薄く微笑み返すことしかできなかった。

8

柔《やわ》らかな風が頬《ほお》を撫《な》で、ふっと意識が覚醒《かくせい》する。風が吹《ふ》き込んでくるほうへと目をやると、ぼやけた視界に黒髪《くろかみ》の人物が映った。

（……ユーイン？）

戻ってきてくれたのかと安堵《あんど》しながら手探《さぐ》りで見つけた眼鏡《めがね》をかけ、人違《ちが》いだったということがわかって落胆《らくたん》した。

「ヒューバート。よかった、目を覚ましたのね」

「玲子さん」

窓際《まどぎわ》からベッドに駆《か》け寄ってきた女性の名を口にする。玲子はいま髪を短くしているため、見間違えたようだ。

「具合はどう？　頭の痛みは？」

「痛みますが、大したことはありません」

玲子に問われて頭に手をやると、頭部には包帯が巻かれていた。鈍く痛む後頭部にガーゼが当てられている。まるで、長い夢から醒《さ》めたような気分だった。

「ユーインはどこに？」

「さっきまでいたんだけど、私と交代したのよ。寝《ね》ずにつき添《そ》ってたから、少し体を休めたらどうかと思って」

「何か云《い》っていましたか？」

「そうねえ、いつもより元気がなかったかしら。でも、ヒューバートが目を覚ましたって聞けば、きっとすぐ元気になるわ。すごく心配してたから」

「……そうですか」

「そうそう、ユーインが着替《きが》えを持ってきてくれたわ。あのタキシードはもう着られなそうだったから、処分しちゃったけどよかったかしら？」

「タキシード？」

どうして、いまタキシードの話になるのかわからず不思議だった。自分が身に着けていたのは半袖《はんそで》のシャツだったはずだ。

「あ、そうそうウィルも朝、あなたの顔を見に来たんだけど、仕事があるって戻《もど》っていったわ。また夜に様子を見に来るって」

「色々とご迷惑《めいわく》をかけてしまってすみません。ところで、玲子さんがどうしてここに？」

「あら、息子《むすこ》のお見舞《みま》いに来ちゃいけないの？」

「いえ、そういうわけでは。こんなところまで来てくれるとは思わなかったので」

ヒューバートの言葉に、玲子は怪訝《けげん》な顔をした。

「何を云ってるの？」

「ニューヨークからじゃ、ずいぶんかかったんじゃないですか？」

「ここはニューヨークよ？」

「え？」

話が嚙《か》み合わず、玲子と顔を見合わせる。自分がおかしなことを云っているのかと、記憶を探《さぐ》る。

「俺は子供を庇って車に――」

混乱する頭を必死に回転させる。頭を打ったせいか、記憶が混乱しているようだ。

「それは一月前のことよ？　あなたは昨日階段から落ちたんじゃない」

「階段から……？」

玲子の言葉で昨夜の情景が断片的に脳裏に浮《う》かぶ。

（そうだ――）

ジュリアに突《つ》き飛ばされたユーインを庇い、階段の上から落ちたことを思い出した。ユーインの無事を確認してから先の記憶がない。

「ちょっと待って。交通事故のことを覚えてるの？」

「ええ、道路で遊んでた男の子を助けようとして、車に撥《は》ねられたんです」

「じゃあ、私がウィルと出逢《であ》ったきっかけは？」

「確か、体調の悪くなった父さんを玲子さんが介抱《かいほう》してくれたんでしたよね？」

何度も聞かされた話だから、よく覚えている。だが、何故《なぜ》いまそんなことを訊《き》かれるのか、その理由がわからなかった。

「……ヒューバート、あなた記憶《きおく》が戻ったのね」

「記憶？」

「事故に遭《あ》って、自分のことを全部忘れちゃってたじゃない。あっ、いまお医者さまを呼んでくるわね。診察《しんさつ》してもらわなくちゃ！」

玲子は慌《あわ》てた様子で病室を飛び出していった。

「どういうことだ……？」

部屋に一人取り残されたヒューバートは、冷静に状況を把握《はあく》することに努めた。

いまいるのは病院の一室のようだ。人工呼吸器や心電計などに繋《つな》がれていないところを見ると、そこまで深刻な容態ではなかったということだ。

次に自分の体を確認する。頭の痛みはまだ続いているけれど、手足に異常はなさそうだ。手の甲《こう》にガーゼが当ててあるのは、擦《す》り傷か打ち身のためだろう。

交通事故のときのように骨折などの大きな怪我はせずにすんだようだ。

（階段から落ちたのは、昨日なんだよな？）

頭の中がこんがらがってしまっている。記憶を整理するためにも、事故の前からのことを順を追って思い返すことにした。

ヒューバートとユーインは、休暇《きゅうか》を過ごすために南の島を訪れた。そこでちょっとした云い争いになり、ユーインが別荘《べっそう》を飛び出した。

彼を追いかける途中《とちゅう》、車に轢《ひ》かれそうになっていた男の子を庇《かば》い、事故に遭った。そして、そこで意識を失い、気づいたときには病室にいた。

病室のベッドで目を覚ましたときには、自分に関《かか》わる全《すべ》てのことを忘れてしまっていた。つまり、『記憶喪失《そうしつ》』になっていたのだ。

「……思い出した……」

状況を把握した途端《とたん》、色んな記憶が濁流《だくりゅう》のように頭の中に流れ込んできた。階段から落ち、頭を強く打ったことが一種の荒療治《あらりょうじ》になったのかもしれない。

事故に遭ってからは休暇を療養《りょうよう》に当て、腕《うで》に負った骨折を治しながら、元の生活に戻るための準備をした。

『ヒューバート』が持っているはずの知識を隅《すみ》から隅まで暗記していったのだ。

怪我《けが》が治るのを待って地元へと戻ってきてからも、あれこれと記憶を取り戻す努力をしたけれど、何の成果も得られなかった。

結局、記憶を取り戻すことはできなかったが、その代わり、ユーインにもう一度恋《こい》に落ちた。自らの歴史を失うことで、初恋の切なさをもう一度味わうことができたというわけだ。

記憶喪失の間、ユーインは手取り足取り世話を焼き、あらゆることを教えてくれた。だけど、自分たちの関係だけは口を噤《つぐ》み続けた。

ヒューバートを混乱させないためだったのかもしれない。だけど、それだけが理由なら、ヒューバートが告白したときに関係を認めているはずだ。

もしかしたら、今回のことを機に少しずつ距離《きょり》を置くつもりだったのかもしれない。恋人ではなく、ただの友人に戻ろうとしていたのだろう。

事故に遭う前のケンカでも、将来を考えろと云われた。その話で意見が食い違い、云い争いになったのだ。

結婚《けっこん》し、子供を儲《もう》けることも一つの幸せだろうし、それを否定するつもりもない。受け入れられなかったのは、ユーインの思い描《えが》く将来像の中に彼の姿はなかったことだ。

「…………」

嫌《いや》な予感がする。いま思えば、ユーインは他《ほか》にも隠《かく》しごとをしているように見えた。悩《なや》みごとは一人で抱《かか》え込むタイプだ。

これは想像でしかないけれど、自分たちの関係を終わらせようとしていたのは、その悩みが原因なのではないだろうか。

あのとき、記憶を失ったりしなければすぐに手を打てたかもしれないが、いまさらそんなことを云っても仕方がない。いまできることをやるだけだ。

医師が来てしまえば、当分ここから出られなくなってしまう。体のことを思えば診察を受け、検査をすべきだとわかっていたけれど、いま優先させなければならないのはユーインのことだ。手遅《ておく》れにならないうちに会わなければ、取り返しのつかないことになりかねない。

ヒューバートはベッドを抜《ぬ》け出し、クローゼットに用意されていた服に着替える。服に合わせた靴《くつ》まで用意してあるのがユーインらしい。

中に備えつけられていた引き出しを開けると、自宅の鍵《かぎ》や財布《さいふ》などの私物が揃《そろ》えてしまってあった。ヒューバートはそれらを手に、病室をあとにした。

「ユーイン！」

病院の前でタクシーを捕《つか》まえ、自宅へと戻ってきた。案の定、彼の姿は見当たらなかった。

それどころか、部屋の中はいつもとは違《ちが》う雰囲気《ふんいき》だった。

普段《ふだん》から綺麗《きれい》に片づけられているけれど、いつも以上に片づいている気がする。

「どこに行ったんだ……？」

記憶のないヒューバートに、ユーインはここをヒューバートが一人で暮らしている部屋だと云っていた。しばらく前に別れた恋人というのは、自分自身のことだったのだろう。

あのとき覚えた違和感《いわかん》は、彼のパーソナルスペースがほとんど空になっていたためだと、いまならわかる。

ヒューバートが帰宅する前に、何もかも取り除いたのだろう。元々、私物の少ないタイプのため、そう時間はかからなかったはずだ。

対外的にユーインの自宅としている部屋が下の階にある。普段は書庫や物置として使っているため、そこに荷物を移しておくだけでヒューバートの目には触《ふ》れずにすむ。

食器棚《だな》の奥にあったペアのマグカップは新しいものに買い換《か》えたときに捨てられず、しまい込んだものだ。

ユーインもそのことを忘れていて、隠しそびれたのだろう。指摘《してき》されたときの動揺《どうよう》はかなりのものだったに違いない。

各部屋を見て回ったけれど、当然ユーインはどこにもいなかった。この様子なら、下の部屋にもいないだろう。何か行き先のヒントになるものはないかと見て回る。

「……手紙？」

リビングのローテーブルの上に、白い封筒《ふうとう》が一通置いてあった。曇《くも》り一つないほどに磨《みが》かれたガラスの天板の真ん中に几帳面《きちょうめん》に置かれた様子からも、ユーインが残したものだとわかる。

逸《はや》る気持ちを抑《おさ》えながら、封筒の中から便箋《びんせん》を取り出した。

「――――」

当たって欲しくなかった悪い予感は的中した。

丁寧《ていねい》な筆致《ひっち》で書かれた手紙には、別れの言葉が書いてあった。

予想したとおり、ヒューバートの身に起こったことは自分の責任だと思っているようだ。車に撥《は》ねられたことも、階段から落ちたことも、自分が傍《そば》にいなければ、あんな不幸は起こらなかったはずだと云《い》いたいのだろう。

――あなたの幸せを祈《いの》っています。

手紙の最後は、そう締《し》められていた。ユーインが本気で身を退《ひ》くつもりなのだとわかり、一気に血の気が引いていった。

ユーインはときに暴走する。誰《だれ》よりも聡明《そうめい》で優秀《ゆうしゅう》な上、理知的な人格者でもある。それなのに、ヒューバートのことになると、何故か客観的な視点が欠落するのだ。

一番の原因は、彼が『自分自身には価値がない』と思い込んでいることだ。

長い時間をかけてその考えを否定し続けてきたけれど、ヒューバートが記憶を失ったことで元《もと》に戻ってしまったのだろう。

ヒューバートが得るはずだった『普通《ふつう》の幸せ』を遠ざけているのは、自分自身なのだと思い込んでいる。

彼の後ろ向きな性格は、生まれつきの生真面目《きまじめ》さと生《お》い立ちのせいだろう。彼の祖父や両親は『家』が何より大事な人たちだ。個人の幸せよりも、ウォン家の発展と成功が優先される。

ローティーンの頃《ころ》は、家族と共にいるよりもヒューバートの家で過ごすことのほうが多かった。別荘での思い出が多いのはそのためだ。

一族の中で唯一《ゆいいつ》、ユーインを一人の人間として慈《いつく》しんでいた曾祖父《そうそふ》は、彼が十七歳のときに天寿《てんじゅ》を全うした。その看病の一年は、彼にとっては地獄《じごく》のような毎日だったようだ。本家で後ろ盾《だて》となっていた伯父《おじ》から、虐待《ぎゃくたい》を受けていたのだ。病に伏《ふ》している曾祖父に相談することもできず、ただ耐《た》えて過ごしていたらしい。

当時、香港《ホンコン》にいるユーインと手紙を送り合っていたけれど、彼はそんな苦悩《くのう》をおくびにも出さず、一言も助けを求めようとはしなかった。

ヒューバートへ心配をかけたくなかったのだろう。あの頃の自分はユーインの置かれた状況《じょうきょう》も知らず、ただ彼からの手紙と帰国を待ち侘《わ》びていただけだ。

ユーインの過去を聞かされたとき、憤怒《ふんぬ》と後悔《こうかい》に襲《おそ》われた。彼の伯父へ対してだけでなく、何も知らなかった自分に腹が立った。彼を一番よくわかっていると自負していたくせに、何も知らなかったのだから。

過去に戻れるのなら、どんな手段を使っても彼を救い出しに行くだろう。だけど、そんなことは不可能だ。

「…………」

せめてもと心のケアに努めてきたつもりだが、もしかしたら、大事に守ろうとしてばかりいたことが、逆にユーインに負い目を感じさせてしまっていたのかもしれない。

一体、どれだけ告げれば、自分の想《おも》いの深さをわかってもらえるのだろう。ユーインに惹《ひ》かれたのは、人として優《すぐ》れているからではない。彼が彼だから好きになったのだ。

――だけど、心は同じでしょう?

ふと、ユーインに云われた言葉を思い出した。あの言葉でヒューバートの気負いは軽くなった。頭で堅《かた》苦しく考えるから、ややこしいことになるのだと気がついた。

(本人は深く考えていない発言だったみたいだけどな)

一刻も早く、ユーインを見つけなければ。時間が経《た》てば経つほど、彼は頑《かたく》なになっていく。

頑固《がんこ》さにかけては、ヒューバートも敵《かな》わない。

居場所がわからない以上、彼の行きそうな場所を一つずつ回るしかない。

「……」

家を出る前に書斎《しょさい》に向かう。机の後ろにあるスライド式の書棚を動かし、その奥に固定されている金庫のダイヤルを回した。

この金庫は個人的な貴重品を保管するのに使っている。休暇《きゅうか》に出る前、あらゆる連絡《れんらく》手段を断《た》つ目的で携帯《けいたい》電話をしまい込んだ。

自宅に戻ってからもそのままになっていたのは、この金庫の存在を知らなかったからだ。ユーインは存在は知っていただろうけれど、解錠《かいじょう》方法は教えていない。

カチリという音と共に、小さくて重たい扉《とびら》が開く。携帯電話はしまい込んでいたせいで、電池が切れてしまっていた。

充電《じゅうでん》をしなければ、アドレス帳すら見ることができない。充電器に繋《つな》いだ途端《とたん》、着信音が鳴り響《ひび》いた。

「……っ」

もしやと思い画面を見たけれど、表示された名前は期待したものではなく肩《かた》を落とす。電話をかけてきたのは、サミュエル・アンダーソンだった。

よりによってこんなときに、彼の声は聞きたくない。

話をする気分になれず無視をしようとしたが、彼に伝えるべきことがあることを思い出した。

面倒《めんどう》なことは先にすませてしまったほうがいい。

事故の原因が別荘《べっそう》を飛び出したユーインにあるという論理が成り立つなら、その口論の原因を作ったサミュエルにだって責任があると云える。

ユーインとの二人きりの時間に水を差したのは彼だ。

わざわざ休暇中に身内以外には知らせていない番号に無粋《ぶすい》な連絡を入れてきたせいで、ユーインと揉《も》めることになったのだ。

蘇《よみがえ》ってくる苛立《いらだ》ちを抑えながら、通話をオンにする。

「はい」

『おお、ヒューバートだな？　出てくれてよかった。見舞《みま》いに行ったら退院したと聞いて驚《おどろ》いたよ。怪我《けが》の具合はどうなんだい？』

電話の向こうから聞こえてきた親しげな口調に怒《いか》りが増す。こうして出歩いてはいるけれど、打ちどころが悪ければ目が覚めなかった可能性だってあった。

しかも、階段から落ちたのはただの事故ではない。彼の娘《むすめ》に故意に突《つ》き落とされたユーインを助けようとしてのことだ。

「どういったご用件でしょうか？」

憤《いきどお》りを隠《かく》すことなく問うと、サミュエルは弱りきった声で謝罪を口にした。

『君の怒りは理解している。今回の件は何と詫《わ》びたらいいか……。ジュリアがとんでもないことをしでかしてしまって、本当に申し訳ない』

やはり、懐柔《かいじゅう》が目的のようだ。ジュリアの罪を少しでも軽くしたいのだろう。娘を助けたい親心は理解できなくもないが、どちらかといえば自らの保身が大きいようにも感じる。

「その件でしたら、弁護士を通していただけますか？　第一、あなたに謝罪してもらうべき事《こと》柄《がら》なんでしょうか？」

『そう云わずに私の顔を立ててくれないか？　君と私のつき合いじゃないか』

「云っている意味がわかりません。今回の件にあなたとの関係がどう影響《えいきょう》するんですか？」

『そ、それは……。いや、何というか、もちろんジュリアも責任を感じている。ただ、いまは伏せっていてね……。君を傷つけてしまったことでずいぶんと落ち込んでいるんだよ。親バカだと云われるとは思うが、あの子の気持ちを伝えたかったんだよ』

　ジュリアは高い保釈金《ほしやく》を払《はら》い、いまは自宅に戻っていると聞いている。いまの生活を考えれば逃亡《とうぼう》の危険性はないだろうが、果たして本当に反省しているのだろうか。

「それは私にではなく、陪審員《ばいしん》に伝えるべきでは？」

『いやいや、まずは君にあの子の気持ちをわかって欲しかったんだ』

「気持ち？」

『ジュリアに悪気があったわけではないことは君もわかってるだろう？　あれはただの事故なんだ。あの子の気持ちも理解してやってくれ』

「ユーインを突き飛ばしたことに何の悪気もなかったと？」

　ヒューバートの問いかけに、サミュエルは我が意を得たりと勢いづく。

『ああ、そうだ！　あの秘書さえいなければ、あの子だってあんなことをしでかしたりはしなかったはずだ。君が彼を庇《かば》ったりしなければ、怪我をすることもなかったんだからな』

「では、あなたが代わりに責任を取るということですか？　あの日の私たちのスケジュールを彼女に伝えたのはあなたですよね？　オペラのチケットを用意したのもあなただ」

『何故《なぜ》それを――』

　証拠《しょうこ》があったわけではないが、鎌《かま》をかけたら簡単に馬脚《ばきやく》を露《あらわ》した。

彼女の持っていたチケットは、完売していた人気公演のプラチナシートだ。急遽《きゅうきょ》、足を運ぼうと思って手に入れられるものではない。きっと、元々の持ち主に金を積んで譲《ゆず》ってもらったのだろう。

ジュリアが自分に執着《しゅうちゃく》するようになったのは、この数ヶ月ほどだ。不自然な態度のサミュエルが何か吹《ふ》き込んだのではないかと疑っていた。

「彼女のしたことは、ユーインへ対する殺人未遂《みすい》です。幸い私も軽傷ですみましたが、下手をすれば、こうして話をすることもできなくなっていたはずだ」

『さ、殺人未遂だなんて、検事が大袈裟《おおげさ》に云《い》っているだけだろう⁉』

「『死ねばいい』という彼女の発言を何人もの人が耳にしています。あなたが何を云おうが云い逃《のが》れはできません」

『その場の勢いというものがあるだろう。君だって、苛立つことがあれば悪態を吐《つ》くことはあるだろう？』

言葉だけならただの悪態と云えなくもないが、実際に突き落としておいてその云い訳が通用すると思っているところが浅はかだ。

「もうけっこうです。よくわかりました」

アンダーソン親子に反省が見られないどころか、ユーインのせいにしていることがわかり云いようのない怒りを覚えた。

『そ、そうか、わかってくれたか……』

「あなた方に反省の色がないことがよく理解できました」

『なっ……』

ヒューバートの答えに、サミュエルは電話の向こうで絶句した。

「彼女のしたことを判断するのは法律です。どういう判断が下されるにしろ、私は彼女を許さない。もちろん、彼女を焚《た》きつけたあなたのこともです」

『失礼な！　何を云ってるんだね君は――』

「私と彼女を結婚《けっこん》させれば都合がいいとでも思ったんでしょう？　だから、わざわざ私のスケジュールを調べて旅先まで追いかけてきたり、オペラの席を用意して偶然《ぐうぜん》を装《よそお》って会わせたりしたんじゃないですか？」

『そ、それは……。確かに君の云うとおりのことをした。しかし、全部ジュリアのためだったんだ！　あの子が君に一目《ひとめ》惚《ぼ》れをして、その協力をしたかっただけだ』

強く追及《ついきゅう》すると、娘への協力のために裏から手を回していたことを白状した。だが、この期《ご》に及《およ》んでまで、保身を考えているなんて呆《あき》れる他《ほか》ない。

「今後一切《いっさい》、当社はそちらとの取り引きはしないことにしました。以前からあなたのやり方には疑問を覚えていましたが、今回の件でどういう方なのかよくわかりましたので」

決心をしたのは今回のことがきっかけだが、取り引きを打ち切ることに関しては以前から考えていたことだ。

サミュエルの仕事のやり方には、以前から苦々しく思う部分もあった。強引《ごういん》な手法によるツケもあり、現在、社内での立場が危《あや》ぶまれているようだ。

ヒューバートとジュリアの関係を取り持とうとしたのは、クロフォード家との結びつきができれば、それなりに有利なカードを持つことになるからだろう。

『どういうことだ!?　メインバンクを替《か》えるということか!?』

「正式なお話はまた後日。いまは他に大事なことがありますので失礼します」

『ちょ、ちょっと待ってくれ！　きちんと話を――』

サミュエルは焦《あせ》って追い縋《すが》っていたが、問答無用で通話を切る。いまは余計なことにかかずらっている場合ではない。彼のナンバーとアドレスを着信拒否《きょひ》にする。

少し疲《つか》れたが、これで一つ問題が片づいた。正式な決裁は後日になるが、社内の了承《りょうしょう》を取ることは難しくない。

いま頃《ごろ》、サミュエルは妨害《ぼうがい》工作のために動き出しているだろう。根回しに精を出してくれれば、しばらくは静かになる。

「――」

書斎《しょさい》を出ようとして、一旦《いったん》足を止める。再び金庫を開け、その金庫の奥から小さな箱を取り出した。この小箱は半年以上ここにある。

手の平サイズの小箱を見つめ、深呼吸をする。

自分自身の気持ちに揺《ゆ》らぎはない。彼への想《おも》いを再確認し、踵《きびす》を返した。


車の中で携帯端末《けいたいたんまつ》の充電《じゅうでん》を続けながら、彼の友人に片《かた》っ端《ぱし》から連絡《れんらく》した。ユーインが足を運びそうな場所も捜《さが》して回ったけれど、誰《だれ》も行き先を知らず、どこにも彼の姿はなかった。

事故にあった日も、こうやってユーインを捜しに出たのだった。あの日は彼を捜しに行くこともできなかったけれど、今日は絶対に見つけ出してみせる。

(どこにいるんだ?)

ユーインは誰よりも慎重《しんちょう》だ。ヒューバートが捜すことを予想し、簡単に繋《つな》がりがわかるところにはいないだろう。

共通の友人のもとにヒントを残すようなことはしないはずだ。彼は思わせぶりな態度は取らないし、人を試《ため》すような真似《まね》は絶対にしない。行動するときは本気だということだ。

「考えろ」

自信が揺らぐこともあったけれど、世界で一番ユーインのことを知っているのは自分を措《お》いて他にはいない。

深呼吸をして自分に気合いを入れ直し、必死に頭を巡《めぐ》らせる。

「…………」

ふと、一つの可能性に思い至った。ロバートのところだ。

彼とは公の場で顔を合わせたときに言葉を交《か》わす程度の関係で、プライベートでのつき合いはない。

確率は低いけれど、確認してみなければ始まらない。空振《からぶ》りだったとき、ロバートに窮状《きゅうじょう》を知られるだけで終わってしまうけれど、そんなプライドを気にしている場合ではない。

アドレス帳から彼の名前を探すけれど、スポーツジムでもらった名刺《めいし》に記された連絡先をこの携帯端末には入力していなかったことを思い出した。

「ジェレミーか？　度々《たびたび》すまない。急いで調べて欲しいことがあるんだが」

『ヒューバート!?　お前、いまどこにいるんだ！　病院から勝手に抜《ぬ》け出して、みんな捜してるんだぞ！』

そういえば、何も云わずに病院を飛び出してきてしまった。ユーインのことで頭がいっぱいで、事後連絡を忘れていた。

「いまユーインを捜してるんだ」

『はあ？　どういうことだよ』

「説明すると長くなるんだが、簡単に云うと家出をされた」

『はあああ⁉　全然意味がわかんないんだけど』

はっきり云って、自分にも意味はわからない。けれど、彼が姿を消したのは変えようのない事実だ。

「全部片づいたら説明する。ロバート・クラークの住まいを知りたいんだ」

『ユーインはそいつのところにいるってことか？』

「わからない。だが、可能性はある。郊外《こうがい》に別宅もあると云っていた」

『了解《りょうかい》。すぐ調べてやるから、少し落ち着いて待ってろ。本当にユーインのことになると目の色変わるんだからな』

「それのどこが悪い」

『あんまり重いと息苦しくなるぞ。家出はそれも理由の一端《いったん》にあるんじゃないのか？』

「──────」

ジェレミーの指摘《してき》を否定できなかった。自分の気持ちが重いことは自覚している。それが重荷になっているのだとしたら、ユーインを見つけて話し合え。お前ら、昔からツーカーだからって言葉が足りないんだよ』

「わかってる。説教もあとで聞くから、早く調べてくれ」

『はいはい、わかりました。全部で三軒《さんげん》あるみたいだな。一番新しく購入《こうにゅう》したのはこの郊外の家みたいだな』

「いま何を見てるんだ？」

『SNSの彼のページ。こういうときオープンなやつだと助かるな。詳《くわ》しい住所を調べてメールする』

「頼《たの》む。それと皆《みな》に俺のことは心配ないと伝えておいてくれ」

『わかってるよ。その代わり、絶対にユーインを連れ帰ってこいよ。俺一人じゃお前の面倒《めんどう》は見きれない』

「一緒《いっしょ》に帰ってくるよ」

ジェレミーの言葉に、力強く頷《うなず》いた。


ジェレミーから送られてきた住所の近くでゆっくりと車を走らせ、外観の写真を参考にロバートの家を探す。

「ここか？」

彼の新しい邸宅《ていたく》は高級住宅地の一角にあった。石造りの重厚な塀に鉄製の門。その向こうには手入れの行き届いた芝生《しばふ》が広がっており、玄関《げんかん》の前には噴水《ふんすい》があった。

売りに出ていた古い邸宅を買ったのだろう。全体的に古めかしい造りで歴史を感じさせる外観の中、防犯カメラやインターホンは最新のものが設置されていた。

果たして、ここにユーインはいるだろうか。車を門の前に停《と》め、祈《いの》るような気持ちでエンジンを切った。

「…………」

門の前に立ち、深呼吸をする。気持ちを整えてから、インターホンを押した。カメラの視角によく映るよう、一歩下がって応答を待った。

『ヒューバート!?』

「この間、招待してくれただろう？」

『そうだったね。いま開けるよ』

カチリと音がして、門が内側にゆっくりと開いていく。車に再び乗り込み、敷地《しきち》内へと進む。

玄関の前ではロバートが待ち受けていた。

「すごいな。まさか、こんなに早く来るとは思わなかったよ。どうしてここがわかったんだ？」

ロバートはヒューバートが訪ねてきたことに心底驚《おどろ》いていた。確信があったわけじゃないが、自分の直感は正しかったようだ。

「勘《かん》だ。あいつが姿を隠《かく》すなら俺が行かなそうなところに行くだろうからな」

「なるほどね。――というか、退院して大丈夫《だいじょうぶ》なのかい？　階段の一番上から落ちて頭を打ったんだろう？　病院に戻《もど》ったほうがいいんじゃないのか？」

「大したことはない。この包帯は大袈裟《おおげさ》に巻かれているだけだから気にするな。ユーインを呼んできてもらえるか？　あいつに話があるんだ」

「悪いけど、いまは顔を合わせたくないんだってさ。ちょっと考える時間をあげたらどうかな？」

「考える時間なら充分《じゅうぶん》すぎるほどあったはずだ。あいつは一人で考えごとをすると悪い方向にばかり行くんだ。放っておくわけにはいかない。失礼する」

　ロバートの横をすり抜け、屋敷《やしき》の中に入り込む。褒《ほ》められた行為《こうい》ではないけれど、いまはなりふり構っていられない。

「ヒューバート、今日は帰ったほうがいい。改めて顔を合わせる席を俺が作る。それでいいだろう？」

「君の心遣《こころづか》いはありがたいが、これは俺たちの問題だ。口を出さないでもらおうか」

「そうは云《い》っても、ここは俺の家だ。勝手に家捜しされると困るんだけどな」

「ユーインを連れて帰りたいだけだ」

「会わせないとは云ってない。今日は出直したほうがいいと云ってるんだ」

「君では話にならない。俺が話をしたいのはユーインだ」

　ロバートと揉《も》めていたら、業《ごう》を煮《に》やしたのかユーインが困り果てた様子で奥から出てきた。

「――ヒューバート、よそのお宅で無礼な真似《まね》はやめて下さい」

「ユーイン」

「傷の具合はどうですか？」

まず体調を心配してくれるところが、彼らしい。

「少し腫《は》れてるみたいだが、問題はない。迎《むか》えに来た。帰るぞ、ユーイン」

ユーインに向けて手を差し伸《の》べたけれど、彼はその場から一歩も動くことはなかった。

「……帰れません」

「お前の考えは帰ってから聞く。とにかく、一緒に帰ろう」

会話の嚙《か》み合わない自分たちの間に入り、ロバートが諫《いさ》めてくる。

「ヒューバート。無理強《じ》いはよくないんじゃないかな」

「君は黙《だま》っててくれ。これは俺たちの問題だ。ユーインを保護してくれていたことは感謝するが、口を出さないでもらえるか」

自分たちの揉めごとに巻き込んでしまったことは申し訳なく思っているけれど、いまは黙っていてもらいたい。

「私はもう話すことはありません。これ以上、あなたの面倒は見ていられない。いい加減、解放してもらいたいんです」

「本気なら、俺の目を見て云え」

「……っ」

ユーインが嘘《うそ》を吐《つ》いているときはすぐにわかる。ポーカーフェイスではあるけれど、こちらの目を見ようとしないのだ。

ロバートの家から連れ出すのを諦《あきら》め、この場で話を切り出すことにした。

「妙《みょう》な考えに取り憑《つ》かれているようだが、少し冷静になれ。そもそも、お前の論理は破綻《はたん》している。車に撥《は》ねられたのはスピードを出していたドライバーに責任があるし、階段から落ちたのはジュリアが悪い。単純なことだろう？」

「ですが……」

「自分がいなければ、あんなことにはならなかったって云いたいんだろう？　その理屈《りくつ》が通るなら、彼らが俺たちに関《かか》わらなければトラブルに遭《あ》うことはなかったはずだ」

「！」

淡々《たんたん》と事実を告げると、ユーインの表情に迷いが生じる。

「俺のもとを去りたいなら、この場ではっきり振《ふ》ればいい。お前に嫌《きら》いだと云われれば、俺も考える。だが、俺の記憶《きおく》がなくなったことを利用して別れたことにするのは卑怯《ひきょう》じゃないか？」

「え？」

ヒューバートが詰《つ》め寄ると、ユーインは大きく動揺《どうよう》した。彼の中に浮《う》かんでいるであろう疑問を肯定《こうてい》する。

「そうだ、記憶が戻ったんだ。目が覚めたら、思い出していた」

「ほ、本当ですか……？」

目を瞠《みは》り、確認してくるユーインを安心させようと微笑《ほほえ》みかける。

「現状でどれだけの記憶が戻ってきたのかはまだわからないが、お前が俺の恋人《こいびと》だってことはわかってる」

「……っ」

突然《とつぜん》の告白に、ユーインは混乱しているようだった。内心の動揺を隠しきれず、目が泳いでいる。

「おい、記憶がなくなったとか戻ったとかってどういうことだ？」

ヒューバートの言葉にロバートも困惑《こんわく》している。そういえば、彼には記憶喪失《そうしつ》のことは隠していた。ユーインからも聞いていなかったのだろう。

「すまないが、いまは君に説明している余裕《よゆう》はない。ユーイン、教えてくれ。この数ヶ月、何を悩《なや》んでるんだ？」

「……っ」

「この際だから、全部白状しろ。急に結婚《けっこん》や子供のことを意識し始めたのは、誰《だれ》かに何か云われたからだろう？」

「わ、私の考えです」

それは半分は本当なのだろう。そうだとしても、きっかけがあったはずだ。

「様子がおかしくなったのは、伯母《おば》のバースデーパーティのあとからだよな？」

「……っ」

ユーインは小さく息を呑《の》んだ。

思い返せば、あのパーティのあと様子がおかしかった。ユーインの強張《こわば》った顔を見る限り、父、ウィルと伯母のエミリーはそれほど親しい姉弟《きょうだい》ではない。それぞれの家族同士、あまり親しいつき合いはしてこなかったにも拘《かか》わらず、先日のバースデーパーティに呼ばれたのは、彼女が六十歳になる祝いだったからだ。

父の築き上げてきたものは果てしなく大きいが、一種の成り上がりのようなものだ。歴史あるウォン家とは違《ちが》い、家柄《いえがら》や跡取《あとと》りなどの問題とは無縁《むえん》だ。

ユーイン自身が跡を継《つ》ぐ必要に駆《か》られたというなら理解できる話だが、彼はヒューバートやクロフォード家の将来を心配しているようだった。

つまり、誰かが妙な考えを吹《ふ》き込んだとしか考えられない。

「誰に何を云われたんだ？」

「……あなたの伯母さまから、将来を考えろ、と……」

「やっぱり、あの人か……」

想像どおりの犯人に、小さく舌打ちをする。この数ヶ月、思い悩んでいるように見えたのは、彼女からのプレッシャーによるものだったのだろう。

「あなたのことを心配なさってるようで、小まめに連絡《れんらく》をいただいていました」

「お前が俺の身内を信じたい気持ちはわかるが、あの人は俺を心配してるんじゃない。俺がクロフォード・グローバルに戻ることを心配してるんだ」

「どういうことですか？」

「あわよくば、スティーヴ——俺の従兄《いとこ》を親父《おやじ》の跡取りに仕立て上げて、会社を乗っ取りたいんだよ。彼本人にそんな気はないから、伯母一人の暴走だろうけどな」

「そんな……」

伯母の目論見《もくろみ》にアンダーソンの打算が絡《から》み合い、ややこしいことになってしまったのだろう。もっと早く彼らの思惑《おもわく》に気づいていれば、ユーインを悩ませる前に手を打てただろうと思うと後悔《こうかい》の念が浮かぶ。

「以前から云っているが、親父は血筋で後継者《こうけいしゃ》を決める気はないし、俺も戻るつもりはない。お前の心配は杞憂《きゆう》でしかないということだ」

「詳《くわ》しいことはわからないけど、君たちのところは色々と大変なんだな」

横でヒューバートの話を聞いていたロバートはしみじみと云った。ユーインはまだ呆然《ぼうぜん》としている。

「身内の恥《はじ》を晒《さら》してしまったが、聞き流してもらえると助かる」

「云《い》いふらすつもりはないが……本当に大丈夫《だいじょうぶ》なのか？」

「何がだ？」

「その様子だと、この先も似たような騒動《そうどう》が起きる可能性があるだろう。またユーインが傷つくこともあるんじゃないのか？」

ロバートの心配する気持ちは理解できなくもない。サミュエルや伯母を大人しくさせたところで、似たような輩《やから》が近づいてくる可能性はいくらでもあるからだ。

「大丈夫だ。二度と同じ轍《てつ》は踏《ふ》まない。行くぞ、ユーイン」

「あ、あの……っ」

動揺の抜《ぬ》け切らないユーインの手を取り、自分のほうへと引き寄せた。戸惑《とまど》った表情で見上げてくる彼の目を見つめ返しながら告げる。ありったけの気持ちを眼差《まなざ》しに込めた。

「一緒《いっしょ》に来てくれ。つき合って欲しい場所があるんだ」

「……はい」

ようやく彼の口から出てきた肯定の言葉に、少しほっとする。自覚していた以上に、緊張《きんちょう》していたらしい。

ユーインの手をさらに強く握《にぎ》り、家主であるロバートに謝罪する。

「ロバート、迷惑《めいわく》をかけて申し訳なかった。この詫《わ》びは後日改めてさせてくれ」

「詫びなんて必要ない。俺は友人としてユーインを家に招いただけだからな」

納得《なっとく》がいかない様子ではあったけれど、ユーインが頷《うなず》いた以上、ロバートも何も云えないようだ。

「ただし、これだけは覚えておいてくれ。彼をまた泣かせるような真似《まね》をしたら、そのときは容赦《ようしゃ》せず奪《うば》い取る」

「胸に刻んでおこう」


ユーインを車に乗せ、自宅とは違う方向へと走り出した。助手席に座っているユーインは、まるで借りてきた猫《ねこ》のように大人しい。

さっきは、半ば強引《ごういん》に頷かせたようなものだ。ヒューバートについてきたことを後悔している気持ちもあるかもしれない。

とりあえず、第一関門は抜けたけれど、本番はこれからだ。勝負を前に深呼吸する。

「……あの、どこに向かってるんですか？」

「すぐにわかる」

そうやって行き先をごまかしているのは、百パーセントの自信が持てないせいだ。こんなに自分が不安を覚えているなんて、ユーインは気づいていないだろう。

好きな相手のことになれば、誰だって平常心を失うものだ。冷静になどなれるわけがない。好きだからこそみっともなく足掻《あが》いて、がむしゃらに追い縋《すが》るのだ。

彼を繋《つな》ぎ止めるためなら、どんなことだってする。

「ところで、泣いたというのは本当か?」

「……泣いたわけじゃありません」

「泣いたんだな」

「だから、違います」

ムキになって否定しているということは、泣いていたのは事実なのだろう。自分のいないところで泣かせてしまったことに歯噛《はが》みした。

そんなぎこちない会話を続けているうちに目的地に着いた。スピードを落とし、ゆっくりと車を停車させる。

ユーインは目の前にある建物を見て、絶句していた。

「…………」

「何しに来たかくらい、もうお前にも想像ついてるだろう?」

「あの、でも……」

「ほら、行くぞ」

運転席から降り、助手席側に回る。ドアを開けて、手を差し伸《の》べた。ユーインは何度か躊躇《ためら》った末、ヒューバートの手を取ってくれた。拒《こば》まれなかったことに安堵《あんど》する。

ユーインを連れてきたのは、緑に囲まれた石造りの小さな教会だ。都会の喧噪《けんそう》から離《はな》れた落ち着いた雰囲気《ふんいき》に、緊張が少しだけ緩《ゆる》む。

戸惑っている彼の手を引き、開かれていた扉《とびら》から中へと足を踏み入れた。平日のためか、いまは人の姿は見当たらない。

外から差し込む柔《やわ》らかな光に照らされたステンドグラスは、繊細《せんさい》な色合いに煌《きら》めいている。荘厳《そうごん》な雰囲気の中、手を繋いだまま、ユーインを無言で祭壇《さいだん》の前まで連れていった。

「あ…あの……」

動揺《どうよう》を隠《かく》しきれないユーインに向き合い、大きく息を吸う。そして、ポケットの中から、小さな箱を取り出した。

「受け取ってくれ」

「え……？」

差し出した箱の蓋《ふた》を、ユーインの前で無造作に開ける。ビロードの台座の上で輝《かがや》くそれは、見つけたときと変わらぬ輝きを放っていた。

シンプルなプラチナのリングには大きな石が一粒《ひとつぶ》埋め込まれている。上品で繊細なデザインがユーインの指によく似合うと思って衝動《しょうどう》買いしてしまったのだ。

だが、いままで渡《わた》すことができず、ずっと書斎《しょさい》にある金庫の奥にしまっておいた。きっかけを摑《つか》めなかったのもあるが、受け取ってもらえないのではという不安があったからだ。

以前、揃《そろ》いのリングを作ろうとしたことがあったけれど、そのときはユーインの反対で話が流れてしまった。

ペアリングをつけていれば、どうしても人目につく。自分たちの関係を明らかにしたくないユーインにとっては、ハードルの高い代物《しろもの》だったのだろう。

ユーインへの自分の想《おも》いが重たすぎる自覚はある。とくに指輪となると、より束縛《そくばく》を強く感じ、負担になるのではと危惧《きぐ》したのだ。

しかし、重いくらいでなければ彼を引き止めることはできないとわかった。いまはもう遠慮《えんりょ》をする気はない。

返事はなかったけれど、震《ふる》えるユーインの左手を取り、その薬指に指輪を塡《は》めた。

「結婚《けっこん》しよう」

「……っ」

以前からずっとそういう話はしていたけれど、ユーインに冗談扱《じょうだんあつか》いされ、さりげなく躱《かわ》されていた。

きっと、ユーインはつき合い始めた頃《ころ》から身を引く覚悟《かくご》でいたのだろう。そんな悲痛な気持ちを察することができなかった自分には後悔《こうかい》しかない。

「何度も云《い》うが、俺が本当に欲しいものはお前だけだ。もしその障害になるなら、仕事も家族も捨てる覚悟はある」

「ダメです、そんなこと――」

「いいから最後まで聞け。お前が心を痛めるようなことをしたいわけじゃない。だから、二人でいることを祝福される環境《かんきょう》を作ろうと努めてきた。そのことを一番よく知っているのはお前だろう？」

「……っ」

いまにも泣き出しそうなユーインに笑いかける。初めて会ったときも、こんなふうな顔をしていたことを思い出す。

「諦《あきら》めろ。俺は執念《しゅうねん》深いんだ」

ユーインは困り果てた様子でため息を吐《つ》いた。

「……後悔しても知りませんよ」

「俺が本当に必要なのはお前だけだ。お前のいない人生なんて送ったら、そのほうが後悔する。そういえば、十四年前も同じようなやりとりをした気がするな」

ヒューバートの呟《つぶや》きに、ユーインは気まずげな顔になる。どうやら、自覚はあるようだ。

「……すみません」

彼の心配性な性格はよく知っている。不安になる前に、その原因を二人で解決していけばいいい。

「また不安になったら、悩《なや》む前に俺に云《い》え。お前のその後ろ向きな性格は俺が一番よくわかってる。問題は二人で乗り越《こ》えていこう」

「はい」

力強い頷きが返ってきたことに安堵した。

「そうだ。子供が欲しいなら、養子を取るか？」

「え!?」

「前にも話さなかったか？　俺に子供ができないことが心配の種なら、養子を迎《むか》えればいいだけだ」

審査《しんさ》や面接など、クリアしなければならない課題はいくつもあるけれど、真摯《しんし》に向き合っていればいつか出会いもあるはずだ。

「いや、あの、でも……」

「どうせなら、ベースボールチームができるくらい欲しいな。チームの監督《かんとく》はロイにやらせよう。ユニフォームのデザインはアシュリーに頼《たの》めばいいよな」

「ちょっと待って下さい、気が早すぎます！」

「お前は反対か？」

「養子を迎えるのは簡単なことじゃないんですよ？　経済状況《じょうきょう》はともかく、私たちは同性カップルということでハードルが上がるんですからね」

「へえ、けっこう真面目《まじめ》に考えてたんだな」

「こ、これは一般論《いっぱんろん》として……っ」

両手でユーインの頬《ほお》を包み込み、云い聞かせる。

「これからはもっとちゃんと話し合おう。生涯《しょうがい》を共にする伴侶《はんりょ》なんだからな」

「そうですね」

「返事を聞かせてくれ。――俺と結婚してくれるか？」

「はい」

小さいけれど、はっきりとした言葉だった。ヒューバートたちは神の御許《みもと》で誓《ちか》いの口づけを交《か》わしたのだった。


「おかえり」

「……ただいま戻《もど》りました」

自分の取った衝動的な行動が、あとになって恥《は》ずかしくなってきたらしい。家が近づけば近づくほど無口になり、帰ってきたいまはすっかり小さくなっている。

「それにしても、私物まで隠すなんて、手が込みすぎてるだろう。一体、いつ片づけたんだ？」

「あなたがドクターのところで診察《しんさつ》を受けていた間です」

「どこにしまったんだ？」

「とりあえず、客間のクローゼットと下の部屋に移動させました。あまり時間がなかったので」

「やっぱりそうか。俺の記憶《きおく》が戻らなかったら、俺との関係をずっと隠しておくつもりだったのか？」

「……はい。あなたにとっては人生を選び直すチャンスなんじゃないかと思って……」

後ろめたそうな表情で白状する。

「まったく、お前はどうしてそう――いや、いまはやめておこう。愚痴《ぐち》はたくさんあるが、後回しだ」

「え？　ちょっ、どこに行くんですか!?」

「部屋の間取りはよく知ってるだろう。それとも、お前まで記憶喪失《そうしつ》になったか？」

「……ッ」

この先にはヒューバートの寝室《しんしつ》しかない。そして、そこに向かう目的は一つだ。

「いまからお前を抱《だ》くからな」

「わ、わざわざ云わないで下さい」

ヒューバートの宣言に、ユーインは真っ赤になった。数えきれないほど抱き合ってきたというのに、未《いま》だに初々《ういうい》しさを見せるところが堪《たま》らない。

寝室にはオレンジ色の夕日が差し込んでいた。眩《まぶ》しそうに目を細めるユーインの手をさらに強く引き、腕《うで》の中に抱き込んだ。

「あ……っ」

「ずっと、こうしたかった」

「ヒューバート――」

自分の名を呼ぶ唇《くちびる》を口づけで塞《ふさ》ぐと、ユーインはびくりと体を震わせた。啄《ついば》むように味わったあと、吐息《といき》が零《こぼ》れた隙間《すきま》から舌を忍《しの》び込ませる。舌同士を触《ふ》れ合わせると、喉《のど》の奥が小さく鳴った。

「あ……ん、んん……っ」

キスを交わしながらもつれ合うようにベッドに倒《たお》れ込む。シーツに細い体を押しつけ、小さく喘《あえ》ぐ唇を貪《むさぼ》った。熱い口腔《こうこう》を探《さぐ》り、逃《に》げかけた舌を搦《から》め捕《と》る。

シャツのボタンを一つずつ外していき、肌《はだ》を露《あら》わにしていく。そっと触《ふ》れた皮膚《ひふ》はしっとりと汗《あせ》ばんでいた。

「んっ、ぅん……」

キスの甘さや吸いつくような肌の滑《なめ》らかさ。夢の中でも甘美だったけれど、現実はそれ以上だった。

昂揚《こうよう》感と共に体温が上がっていく。自分が服を着ていることがもどかしく、乱暴にボタンを外し、最後は引き千切るようにしてシャツを脱《ぬ》ぐ。

「んん……んぅ……っ」

上顎《じょうがく》を擽《くすぐ》るように舐《な》めてやると、びくりと体が跳《は》ねた。搦め捕った舌を甘噛《あまが》みしたり、キツく吸い上げたりと口づけに夢中になっていたら、背中を拳《こぶし》で叩《たた》かれた。

後ろ髪《がみ》を引かれながら唇を離《はな》すと、ユーインの呼吸はすっかり上がっていた。

「少しは、手加減して下さい……」

「今日は無理だ。諦めろ」

邪魔《じゃま》になった眼鏡《めがね》を外し、角度を変えて再度口づける。今度は最初から深い交わりだった。

「ン、んー……っ」

ブランクを埋《う》めるように、唇を貪る。再びの苦情が出ないよう、時折呼吸のタイミングを作り、時間をかけて味わった。

腕の中のユーインがくたりとなったことに気づいて顔を上げると、すっかり息が上がり、蕩《とろ》けた表情になっていた。

「お前を抱く夢を何度も見た」

懺悔《ざんげ》も兼《か》ねて告白する。言葉にはできないような大胆《だいたん》な様子を鮮明《せんめい》に覚えている。ほとんどが実体験の投影《とうえい》だったけれど、一部には行きすぎた妄想《もうそう》もあった。

「……私もです。あなたに抱かれる夢を見ました」

意外な告白に目を瞠《みは》る。まさか、ユーインの口からそんな告白が聞けるとは思っていなかった。夢に見るほど自分を欲《ほっ》してくれていたという事実に興奮すると同時に、夢の中の自分に嫉《しっ》妬《と》する。

「夢の中の俺はどんなふうにお前を抱いた？」

「……っ、そんなこと……」

「教えてくれないのか？　同じように抱かせてくれ」

「な、内緒《ないしょ》です」

「内緒にしたかったら、初めから口にしないことだな。俺がしつこい男だってことは、お前が一番よく知ってるだろう？」

じっくり時間をかけて聞き出してやろうと心に決める。

「あっ」

胸元《むなもと》を探り、尖《とが》ったものを見つける。指先に引っかかった小さな突起《とっき》を押し潰《つぶ》すように丸く撫《な》でてやると、ユーインは震《ふる》えるように身悶《みもだ》えた。

指先で摘《つま》んで捏《こ》ねる。さらに甘い声が上がるかと思ったけれど、ユーインは歯を食い縛《しば》って、嬌声《きょうせい》を抑《おさ》え込んだ。

「声は素直に出せと云ってるだろう？」

「あ⁉」

　体を折って顔を寄せ、硬《かた》くなったそこを舐めてやった。甘い声が漏《も》れたことを確認し、口元に笑《え》みを浮《う》かべる。

　吸いつき、甘嚙みし、舌で押し潰す。集中的に責めてやると、期待どおりに喘ぎ始めた。

「……っ、ぁ、あ……っ」

「そうだ、もっと聞かせてくれ」

「ぁん、あっ、あ、や、嚙まない、で……っ」

　ユーインが嫌《いや》だと云《い》うときは、感じすぎている場合がほとんどだ。試《ため》しに強く歯を立てると、背中を弓なりに撓《しな》らせた。

「ぁあ……ッ」

「夢の中の俺もこうしたか？」

　ヒューバートの問いに、ユーインは首を横に振《ふ》る。

「なら、こっちはどうだ？」

　ベルトの金具を外し、スラックスと下着を一息に引き下ろし、下肢《かし》から剝《は》ぎ取るようにして脱がせた。

「待っ……」

　緩《ゆる》く勃《た》ち上がった欲望が露わになる。ユーインは咄嗟《とっさ》に膝《ひざ》を立てて自身を隠《かく》そうとしたけれど、ヒューバートがそれを許さなかった。

シャツ一枚を羽織った姿で力なく横たわるユーインの肌は薄《うす》い朱色《しゅいろ》に染まり、浅い呼吸で胸を上下させている。

最後に抱いたときにつけた痕跡《こんせき》は、もう一つも残っていなかった。

慈《いっく》しむようにキスの雨を降らす。薄く柔《やわ》らかい皮膚を吸い上げ、体を少しずつずらしながら赤い印を散らしていく。

「や、あ……っ」

跡《あと》をつけられることを嫌がるユーインだが、この所有の証《あかし》は勝手に別れようとしていたことへの罰《ばつ》だ。この痕跡を目にするたびに、自らが誰《だれ》のものなのかを確認するだろう。

「……ッ」

下腹部に顔を近づけると、ユーインは四肢《しし》を硬くした。これから訪れる快感を想像しているのだろう。

「あっ」

足を大きく開かせ、内腿《うちもも》に口づける。羞恥《しゅうち》を煽《あお》る体勢と際《きわ》どい部分への刺激《しげき》に、ユーインはもどかしげに身悶えた。

まだ指一本触れていないのに、ユーインのそれは赤く充血《じゅうけつ》しガチガチに張り詰《つ》めている。先端《せんたん》の窪《くぼ》みからは、蜜《みつ》が滲《にじ》み出ていた。

「やあ……っ⁉」

焦《じ》らしに焦らしてから、大胆に舐め上げてやると、悲鳴じみた嬌声が上がった。さらに期待に応《こた》えようと、体液の滲む先端を吸い上げる。

舌を絡《から》めながら、夢の中でのユーインの口淫《こういん》を思い出す。あれは自分の願望も混じっていたのかもしれない。浅ましい自分の欲望を思い知り、笑いが込み上げる。

「ぁあっ、あ、あ……っ」

快感に飢《う》えていた体は、些細《ささい》な振動《しんどう》にも感じてしまうようだ。

敏感《びんかん》な窪みを舌先で抉《えぐ》ると、ユーインは堪《こら》えきれずに蕩けきった声を漏らした。その反応に気をよくし、さらにキツく唇で締《し》めつける。

「ひぁ……っ、あん、あっ……」

張り詰めた屹立《きつりつ》を舐めしゃぶりながら、太腿《ふともも》や尻《しり》の丸みを往復するように手を這《は》わせる。その滑らかな感触《かんしょく》も心地《ここち》よく、ヒューバートは愛撫《あいぶ》に熱を込めていった。

「あ——」

絶頂を迎《むか》えそうになったユーインの昂《たか》ぶりの根本を締めつけ、欲望の出口を塞いだ。

「や……⁉」

「一人で先に終わる気か？」

「い……っ」

強く握《にぎ》り込むと、ユーインはひゅっと息を呑《の》んだ。衝動《しょうどう》の遣《や》り場を失い、戸惑《とまど》っている様子が伝わってくる。

「いか…せて、ください……っ」

「まだダメだ。俺を捨てようとしたことへのお仕置きが終わってない」

「ひぁ……っ、おねが…ゆるし…て……っ」

指の締《し》めつけを緩めることなく、愛撫を再開する。ガチガチに張り詰めた屹立だけでなく、後ろの窄《すぼ》まりにまで舌を這わせる。

「あ、あ……っ、ごめ…んなさ……っ」

「二度と俺から離れようなんて考えないと誓《ちか》うか？」

ヒューバートの問いに、ユーインはこくこくと頷《うなず》く。

「誓い…ます……っ、ぁあっ」

啜《すす》り泣くように懇願《こんがん》するユーインに負け、責め苦を与《あた》えていた手を緩めてしまった。じゅっと音を立ててキツく吸い上げてやると、勢いよく欲望が爆《は》ぜた。

「んんー……っ」

ユーインは体を大きく撓らせ、自身が包み込まれた口腔《こうこう》に白濁《はくだく》を注ぎ込む。ヒューバートは難なくそれを受け止めて飲み下し、残滓《ざんし》すら啜り上げた。

「ずいぶん濃《こ》いな。あれから自分でもしてなかったのか？」

「……っ、わざわざ訊《き》かないで下さい……」

背《そむ》けられたユーインの頰《ほお》が赤くなっている。

「夢に見るくらい、飢えてたんだろう？」

「そうですよ！　だから、自分ではできなかったんです！」

ヒューバートの意地の悪い追及《ついきゅう》に、とうとうユーインが声を荒《あら》らげた。

「できなかったって、イケなかったってことか？」

「こんなふうにしたのは誰だと思ってるんですか」

潤《うる》んだ瞳《ひとみ》で恨《うら》めしげに睨《にら》まれ、下半身がずくりと疼《うず》く。

「……俺か？」

「わかりきったことを訊かないで下さい」

ユーインの拗《す》ねた口調が可愛《かわい》くて、ついにやけてしまいそうになる。

「悪かった。責任は取る」

自らの手で満足できないのなら、ヒューバートが満足させるしかない。

ベッドサイドのチェストの引き出しを開けたが、目的のものはいつものところにはなかった。

自分では移動させた記憶《きおく》はない。となると、行き先を知っている人物は一人しかいない。

「オイルはどこだ？」

「……一番下の段の奥にあります」

「ずいぶん念入りにしまい込んだな」

記憶のない間のヒューバートが見つけたら厄介《やっかい》だと思ったのだろう。小さく笑いながら手を伸《の》ばし、ガラスの小瓶《こびん》を取り出した。

手の平にオイルを取り、握り締めるようにして指先にまで広げる。ぬるつく指をユーインの屹立に絡めると、甘ったるい吐息《といき》が漏れた。

「あ、んん……っ」

ぬるぬると擦《こす》ってやると、ユーインは気持ちよさそうに身動《みじろ》いだ。二つの膨《ふく》らみを手慰《てなぐさ》みに弄《もてあそ》びながら、その後ろにある窄まりを探《さぐ》る。

硬く閉ざされたそこは微《かす》かな刺激に強張《こわば》ったけれど、躊躇《ためら》わずに指先を押し込んだ。

「あっ」

指に絡みつくねっとりとした感触が気持ちいい。柔らかな粘膜《ねんまく》を押し拡《ひろ》げようと、強引《ごういん》、かつ執拗《しつよう》に指を掻《か》き回した。

「ひ、あ…っ、んん」

抜《ぬ》き差しを繰《く》り返し、指を増やしていく。とろとろに蕩《とろ》けたこの中に入ったら、どんなに気持ちがいいだろう。できることなら、いますぐにも穿《うが》ってしまいたい。

だけど、焦《あせ》ればユーインを傷つけることになりかねない。なけなしの理性をかき集めて、衝動を押し込めた。

「も、や……っ、指じゃ、もう……っ」

「いいのか？」

「……あなたが、欲しいんです……」

恥《は》じ入るように告げられたおねだりに、カッと頭に血が上った。ヒューバートは指を引き抜くと、ユーインの足を乱暴に左右に割る。

「ン、ん──……っ」

忙《せわ》しなく取り出した自身をあてがい、躊躇うことなく深々と突《つ》き立てた。

散々慣らしたにも拘《かか》わらず、屹立を挿入《そうにゅう》したそこは身動きも取れないほどに狭《せま》かった。一月ほどのブランクのせいだろうか。

「そんなに締めるな」

「や……っ」

軽く尻を叩《たた》いてやると、びくんっと腰《こし》が小さく跳《は》ねた。繋《つな》がりを意識したのか、余計に締めつけがキツくなる。

このままでは思うように動けない。意識を逸《そ》らすため、反り返った昂ぶりに再び手を伸ばした。指を絡めて緩《ゆる》く扱《しご》きながら、腰を軽く揺《ゆ》らす。

「あっ…ぁん」

「今日はキツいな」

「あっ……だって、おっきい…から……っ」

「そうか？」

自分ではよくわからないが、久々の行為《こうい》のせいでいつも以上に興奮しているのかもしれない。やがて体が馴染《なじ》み、締めつけがいくらか緩くなってきた。意識も散っているその隙《すき》をついて、ユーインを大きく突き上げた。

「あ、ぁあ……ッ」

ヒューバートは汗《あせ》ばむ腕《うで》を押さえつけ、衝動を叩きつけるように腰を送り込む。大きく突き上げるたび、組み敷《し》いたユーインの顔が快感に歪《ゆが》んだ。

「あっ…あ、あ……っ」

オイルと体液が混じり合ったぬるぬるとした感触を味わいながら、体の奥に自分自身を刻みつけようと深い抽挿《ちゅうそう》を繰り返す。

熱い粘膜が絡みつくように、ヒューバートの屹立を締めつけてくる。ひくつく内壁《ないへき》を搔き回し、その感触を隅々《すみずみ》まで味わう。

屹立の切っ先で内壁を抉るように繰り返し突いてやると、甘ったるい嬌声《きょうせい》が上がった。

「あっ……ぅ、ん……っ」

「いつも云《い》ってるだろう？　摑《つか》むならシーツじゃなくて、俺にしろって」

腕を取って自らの肩《かた》に乗せると、キツく爪《つめ》を立てられた。とは云っても、常に切りそろえら

れた指先が食い込むだけだ。子猫《こねこ》の反撃《はんげき》にも劣《おと》るだろう。

「ひあっ、や、だめ……っ」

快感を持て余し、縋《すが》るような眼差《まなざ》しを向けられると悦《よろこ》びが湧《わ》き上がってくる。もっと泣かせてやりたい――そんな欲望さえ覚えるのだから、我ながら質《たち》が悪い。

どこまでも追い詰《つ》めて、自分以外の全《すべ》てを排除《はいじょ》してしまいたいとさえ思う。こんな嗜虐心《しぎゃくしん》を持っているなんてユーインが知ったら、どんな顔をするだろう。

意地の悪いことを考えながら、速度を上げ、打ちつけるように腰を遣《つか》うと、濡《ぬ》れた音が派手に立つ。室内に響《ひび》く水音は卑猥《ひわい》で、気分をさらに昂揚《こうよう》させる。

「あ……っ、んん……！」

深い抜き差しで上がる声はもどかしげだ。しばらくは焦《じ》らして楽しんでいたけれど、そろそろこちらも限界だ。

「あっあ、ぁあ……っ」

ユーインはヒューバートの腰に足をキツく絡《から》め、一際《ひときわ》高い声を上げて終わりを迎《むか》えた。体を震《ふる》わせながら白濁を吐《は》き出し、奥まで呑み込んだ屹立《きつりつ》を思いきり締《し》めつけてくる。

「……くっ……」

続けて、ヒューバートも絞《しぼ》り取られるかのように欲望を爆《は》ぜさせた。寸前で引き抜くことはせず、全て中に注ぎ込む。

(——もう二度と手放すものか)

密《ひそ》かな誓《ちか》いを胸に、ユーインに口づける。ヒューバートの想《おも》いに応《こた》えるように、ユーインの腕もキツく首に絡みついた。

9

「……これはどういう面子《メンツ》なんだ？」

　ダイニングのテーブルについているのは、ヒューバートとジェレミー、そして、ロバートだ。ユーインはキッチンに料理を取りに行っている。

「俺がとくに迷惑《めいわく》をかけた相手を招待させてもらった。ゆっくりしていってくれ」

　詫《わ》びの代わりとして、自宅での食事に招待することにした。レストランで席を設けることも考えたが、ごくプライベートの話をするには自宅のほうが安心だ。

　もちろん、腕を振《ふ》るうのはユーインだ。昨日からヒューバートも買い物や下ごしらえの手伝いをし、今日の招待の準備をした。

　冷やしておいたボトルを開け、それぞれのシャンパンフルートに注ぐのは自分の役目だ。金色の液体の底から細かな泡《あわ》が立ち上っている。

「それが俺とロバートだってわけか」

「家族と医者以外で詳《くわ》しい事情を知ってるのは、君たち二人だけだからな」

　ヒューバートが記憶喪失《きおくそうしつ》だったということは、いまでもトップシークレットだ。そのことが大っぴらになれば、回復している現状でも不安視されかねない。

「どちらかというと、それを見せびらかすためじゃないのか？」

ジェレミーの揶揄《やゆ》に、ヒューバートは軽やかな笑《え》みを浮《う》かべる。

「それもある」

ヒューバートとユーインの左手の薬指には同じデザインのリングが塡《は》まっている。これは二人でデザインを考えてオーダーした世界に二つだけの品だ。

ユーインは教会で贈《おく》ったリングも重ねづけしてくれている。

式は改めて挙げるつもりでいるが、婚姻《こんいん》の申請《しんせい》はすでにすませた。結婚《けっこん》証明書は額に入れ、寝室《しんしつ》に飾《かざ》ってある。

「堂々と惚気《のろけ》るな」

表向きは快く招待に応じてくれたロバートだが、こちらに呆《あき》れた眼差しを向けながらグラスに手を伸《の》ばし中身を一息に飲み干した。

空になったグラスを差し出されたため、再びシャンパンで満たしてやる。今日は心ゆくまで飲み食いしていってもらうつもりだ。

「そうだぞ、少しは自重しろ」

「気をつけるよ」

耳の痛い忠告に小さく肩を竦《すく》める。心がけるつもりだが、心の声が漏《も》れてしまうのは抑《おさ》えられないかもしれない。

「それにしても、よく招待に応じたな」

ジェレミーは隣《となり》で自棄酒《やけざけ》を呷《あお》っているロバートに、同情混じりの視線を送る。

「目の前に垂らされた餌《えさ》がユーインの手料理じゃなかったら、断ってたかもな」

ユーインを口説《くど》いていたロバートにとって、ヒューバートは敵のようなものだ。彼らが仲睦《なかむつ》まじくしているところなど積極的には見たくないだろう。

「もしかして、食ったことないのか？」

「ああ、すごく楽しみなんだ。つい先日、邪魔《じゃま》が入らなければ、その機会に恵《めぐ》まれていたはずだったんだが」

ロバートは、ユーインが彼の家にいたときのことを云っているのだろう。邪魔が入ったというのは、ヒューバートのことに違《ちが》いない。

「それは残念だったな」

「本当にな」

「そのぶん、今日は満足いくまで食べていってくれ」

二杯《はい》目のシャンパンを飲み干したロバートはグラスをテーブルに置き、ヒューバートを指差して宣言する。

「ヒューバート、俺は諦《あきら》めたわけじゃないからな。いまは様子を見ているだけだ。ユーインが君に愛想を尽《つ》かす日が来るのを心待ちにしてるよ」

「一生来ないものに無駄《むだ》な期待をして人生を棒に振るのは、もったいないんじゃないか？」

宣戦布告を鷹揚《おうよう》な笑みで受け流す。この程度のことで気分を害していたら、ユーインの恋人《こいびと》など務まらない。

本人に自覚はないが、これまで数えるのもバカバカしくなるほどの人数の悪い虫を追い払《はら》ってきた。

「何事も可能性はゼロじゃない」

「ユーインは俺を愛している。それは変えようのない事実だ」

「一度は別れようとしてたがな」

「それも愛故《ゆえ》のことだっただろう？」

「おい、二人ともやめろって。頼《たの》むから、今日は平和に飯を食わせてくれよ……」

自分たちのやりとりがはらはらするのか、ジェレミーは胃の辺りを手で押さえている。

「心配するな。いまのはジョークみたいなものだ」

「俺は本気だったけど？」

「俺もだ」

ロバートの無駄な前向きさは嫌《きら》いじゃない。こんなふうに裏表なく云《い》い合える相手にはなかなか出逢《であ》えない。

「……楽しそうで何よりだ」

つき合っていられないとばかりに、ジェレミーもシャンパンを飲み始めた。一口飲んで、美《う》味《ま》いと呟《つぶや》いた。口に合ったようでほっとする。

「何の話をしてたんですか？」

前菜を運んできたユーインの質問に、ジェレミーがぎくりとした顔をする。

「お前の手料理が世界一美味いって話してたんだ」

当たり障《さわ》りのない返答を口にしたけれど、ユーインは何かを察したようだった。

「それは云いすぎですよ。あの、料理を一人では運びきれないので、ヒューバートも手伝ってもらえますか？」

「わかった」

ユーインに促《うなが》され、ジェレミーたちを残して席を立つ。キッチンへと連れていかれたところで、小声で釘《くぎ》を刺《さ》された。

「ヒューバート。一応云っておきますが、ジェレミーたちに余計なことは云わないでいいですからね」

「一応確認しておくが、余計なこととはどういうことだ？」

「え？　だから、その、私とのこととか……」

「つまり、惚気るなということか？」

「……有《あ》り体《てい》に云えばそのようなことです」

ユーインの心配は大抵《たいてい》当たる。口止めをしたのは、ヒューバートがそういったことを口にするだろうと予想したからだろう。

「それはこの時点からのルールということでいいか？」

「どういうことですか？」

「もうすでに惚気たあとだってことだ。すまない、このあとは気をつける」

怪訝《けげん》な顔をするユーインに、形ばかりの謝罪をする。ジェレミーにも自重しろと云われたが、そのことは黙《だま》っておくことにした。

「な、何を云ったんですか⁉」

ユーインの頬《ほお》は、瞬時《しゅんじ》に赤く染まった。白い肌《はだ》が色づくと本当に色っぽい。

「お前に愛されているのは俺だと、ロバートに云っておいた。云わなくてもわかることだが、念を押しておいたほうがいいだろう」

「どうしてあなたはそういう恥《は》ずかしいことを平気で口にするんですか！」

「何が恥ずかしいんだ？」

「だから、そういう――――」

「おーい、お前らこっちにも聞こえてるからほどほどにしろよー」

ダイニングからジェレミーの忠告が飛んでくる。見る見るうちにユーインの顔がさらに赤くなった。

「〜〜っ」

「控《ひか》えてもいまさらじゃないか？」

聞かれてしまったのなら、取り繕《つくろ》う必要もない。そう思ったのだが、ユーインは簡単には割り切れないようだった。

「あなたはもう黙って下さい！」

潤《うる》んだ瞳《ひとみ》で睨《にら》まれても、ただ可愛《かわい》いだけだ。それを告げれば、さらに怒《おこ》られることになることくらいわかっている。

ヒューバートは、緩《ゆる》みそうになる口元を必死に引き締《し》めたのだった。

あとがき

はじめまして、こんにちは、藤崎都です。

今年は寒くなるのが早かったですね。私は完全に衣替《ころもが》えが間に合っていませんが、この本が出る頃《ころ》には終わってるはず……。とりあえず、仕事用の膝掛《ひざか》けだけは引っ張り出しました。皆様《みなさま》は暖かい格好をして、風邪《かぜ》を引かないよう気をつけて下さいね。

さて、このたびは『発情トラップ』をお手に取って下さいまして、ありがとうございました！

今回は『純情トラップ』では大学生だったヒューバート×ユーインの約十数年後のお話になりました。

ヒューバートが不慮《ふりょ》の事故で記憶喪失《きおくそうしつ》になり、面倒《めんどう》を見てくれている幼なじみのユーインに改めて惹《ひ》かれていく……というストーリーなのですが、記憶喪失モノの鉄板の醍醐味《だいごみ》は、もう一度恋《こい》に落ちるってところですよね！

記憶がなくても惹かれ合うという部分が大好きです。一目惚《ひとめぼ》れのようなそうでないような、初対面のはずなのに知ってる人のような——そんなもどかしいところが好きなので、書いていてとても楽しかったです。

ただ少し不安なのは、全編攻視点というところです。私が攻側の視点で書くと、いつも以上にヘタレになりがちなのが困りものでして……。

それと、うっかりヒューバートの一人えっちシーンを入れてしまったんですが、格好よさが減点されてなければいいなあと祈《いの》るばかりです（苦笑）。


あっ、でも、蓮川先生が描いて下さったヒューバートは、ますます色気増量の男前になっていて眼福ものでした！

ユーインもより大人になったぶんさらに麗《うるわ》しくなっていて堪《たま》らなかったです！　蓮川先生、本当に美麗《びれい》な挿絵《さしえ》をありがとうございました!!


そして、担当の相澤さんにも大変お世話になりました。ご多忙《たぼう》かとは思いますが、風邪を召《め》されませんようご自愛下さい。

そして、この本をお手に取って下さいました皆様、拙作《せっさく》の感想のお手紙を下さった皆様、ありがとうございました！

今作も少しでも楽しんでいただけていたら幸いです。

最後までおつき合い下さいまして、ありがとうございました！
またいつか貴方《あなた》にお会いすることができますように♥

二〇一四年秋

藤崎都

はつじよう
発情《はつじよう》トラップ
藤崎《ふじさき》 都《みやこ》
KADOKAWA RUBY BUNKO

角川ルビー文庫 R78-66 18947

平成27年1月1日 初版発行

発行者――堀内大示
発行所――株式会社KADOKAWA
東京都千代田区富士見2-13-3
電話(03)3238-8521(営業)
〒102-8177
http://www.kadokawa.co.jp/
編 集――角川書店
東京都千代田区富士見1-8-19
電話(03)3238-8697(編集部)
〒102-8078
印刷所――暁印刷 製本所――BBC
装幀者――鈴木洋介

ISBN978-4-04-102444-7 C0193 定価はカバーに明記してあります。

藤崎 都
イラスト／蓮川 愛
恋に堕ちたのは、どちらが先だったのか――
幼馴染み同士が贈る
純情ラブ！
純情トラップ
ユーインは大企業の御曹司であるヒューバートの幼馴染み。
ずっと彼への恋心を隠し続けながら側にいた。
ところがヒューバートに男に抱かれていた過去を知られてしまい…!?

藤崎 都
イラスト／蓮川 愛
「すまない。でも、俺は君を愛してるんだ」
超有名メジャーリーガー
×
純朴大学生の
ドラマチック・プレイ！
蜜月トラップ
偶然の出会いからメジャーリーグのスター選手であるロイ・クロフォードに求愛され、恋人となった森住惺。高校卒業後アメリカに渡り、ロイのそばで大学に通っていた惺だったが、卒業を間近に控えた時期にロイのスキャンダルを目の当たりにし…？